Der schwarze Kreis

1. Auflage 2008

Text: Veit Bronnenmeyer, www.veit-bronnenmeyer.de
Illustration & Gestaltung: Silke Klemt, www.silkeklemt.de
Lektorat: Susanne Bartel
Druck: PrintCom, Erlangen
Printed in Germany
ISBN: 978-3-00-025938-8

Herr Bronnenmeyer
& Frau Klemt

Der schwarze Kreis

Krimi-Erzählung

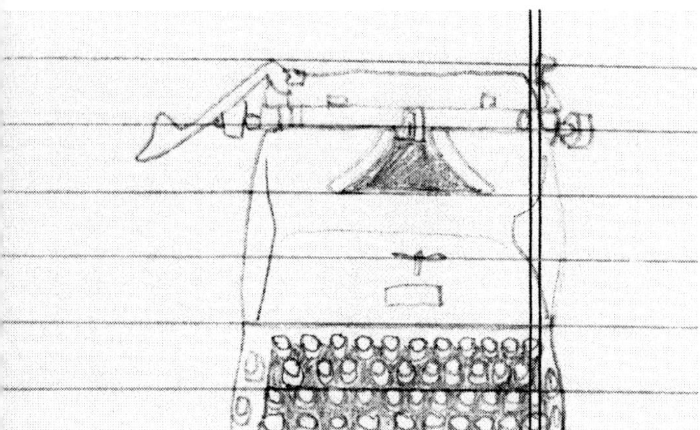

Der schwarze Kreis

Fußlatscher

Es war ein grauer, vernieselter Novembertag im Jahr 1964. Halbhoch hing der Nebel über der Stadt und sorgte dafür, daß die Schornsteine der alten Häuser ringsherum nicht ordentlich abzogen. Die Luft roch nach Holzfeuer, es war kalt, und Georg war das, was man lapidar einen „Fußlatscher" nannte. Kraftfahrzeuge gab es bisher bei der Fürther Stadtpolizei nur vereinzelt. Neben ein paar VW-Bussen und Motorrädern mit Beiwagen verfügten die hiesigen Beamten gerade mal über eine kleine Flotte von VW-Käfern, motorisiert waren nur die Kollegen der Hauptwache. In der kleinen Außenstelle im Erdgeschoß des Rathauses wurde noch wie eh und je zu Fuß auf Streife gegangen. Wobei man aber wissen mußte, daß für jedes Fahrzeug pro Monat nur zweihundert Liter Sprit genehmigt worden waren, und auf der Beifahrerseite jedes Käfers ein unübersehbares Schild angebracht war mit der Aufschrift:

> **Dieses Fahrzeug kostet die Stadt Fürth 9000 Mark.**
>
> **Der Polizeichef.**

Weit war es also selbst mit dem Fuhrpark der Hauptwache nicht her. Georg war erst seit vier Jahren dabei, und die Einsätze, die er bisher in einem Kraftfahrzeug ageleistet hatte, ließen sich noch locker an einer Hand abzählen.

Besonders gut konnte er sich an seine allererste Fahrt in einem Polizei-Käfer gegen Ende seiner Ausbildung zum Wachtmeister erinnern. Es war ein warmer Tag im Juni gewesen, und Georg wurde Schuster und Rimmel zugeteilt, zwei alten Haudegen, die höchstens noch zehn Jahre bis zur Pensionierung hatten, eher weniger. Nachdem Georg sich auf die schmale Rückbank gezwängt hatte, ging die Fahrt zunächst gemächlich in Richtung Stadtmitte. Die beiden Kollegen waren gut bekannt in Fürth. Sie grüßten mal nach links hinaus, mal nach rechts, bis sie auf der Höhe des Rathauses auf der nördlichen Straßenseite einen bekannten Kleinganoven entdeckten.

„So, Rudi", Rimmel hatte sich gar nicht erst die Mühe gemacht auszusteigen, sondern nur das Fenster heruntergekurbelt, „wo kommen wir denn gerade her?"

„War spazieren, im Stadtpark", antwortete Rudi, wobei die Nervosität des gedrungenen Kauzes nur für einen Blinden zu übersehen war.

„Wie schön", erwiderte Rimmel grinsend, „da hast du sicher die Enten gefüttert, nä?"

„Ja, genau!"

„Und was ist das da in deiner Tasche?", fragte Schuster vom Fahrersitz aus und deutete auf Rudis alten Lodenmantel, der für die Jahreszeit viel zu warm war und unter dem sich auf Hüfthöhe ein eckiger Gegenstand abzeichnete.

„Das ... ist nur ein ... eine Bibel, für meine Tante", Rudi versuchte ein Lächeln, das kläglich mißlang, und blickte hektisch um sich.

„Zeig doch einmal her, die Bibel", forderte Rimmel ihn auf, während er ihn, Rudis Fluchtgedanken durchschauend, durch das offene Fenster am linken Arm packte. Auf der Fahrerseite stieg gleichzeitig Schuster aus. Sie waren ein eingespieltes Team.

„Komische Bibel!“, Schuster schüttelte den Kopf. Mit einer Hand hielt er Rudi am Mantelkragen und zog mit der anderen den kantigen Gegenstand aus der Tasche.

„Diese Dinger werden wirklich immer kleiner“, stellte Rimmel mit Bewunderung fest, als ihm Schuster das soeben geborgene Transistorradio in die Hand drückte.

„Das … das habe ich aber ehrlich bezahlt. Wirklich!“ stammelte Rudi.

„Soso“, lächelte Rimmel ungerührt, „in diesem Fall hast du ja sicher einen Kassenbeleg bekommen, nä?“

„Den … den habe ich leider nicht mehr!“

„Aha. Bilka. Zweiundfünfzig Mark“, Schuster drehte das kleine, rote Preisetikett zwischen seinen dicken Fingern. „Normalerweise machen die das doch beim Bezahlen immer ab …“

„Wahrscheinlich haben sie es einfach nur vergessen“, versuchte Rudi, die Situation zu retten.

„Du hörst jetzt auf der Stelle mit der Lügerei auf.“ Schuster verpaßte dem Kleinganoven eine klatschende Ohrfeige. „Du hast wirklich unverdientes Glück, daß wir gerade überhaupt keine Zeit haben. Und nur des-

halb sage ich es dir jetzt im Guten: Du bringst das Gerät auf der Stelle zurück ins Bilka-Kaufhaus. Wir werden morgen da anrufen und das nachprüfen."

„Und wenn es morgen wieder an seinem Platz steht, sehen wir sogar vielleicht von einer Anzeige ab", ergänzte Schuster, während er bereits wieder hinter dem Steuer Platz nahm.

„Haben wir uns verstanden?" fragte Rimmel drohend.

„Jawohl, Herr Wachtmeister!" antwortete Rudi kleinlaut.

„Dann verschwinde jetzt!"

„Das war der Rudi Heberlein", erklärte Rimmel Georg über die Schulter, als sie an der neuen Lichtsignalanlage an der Rathauskreuzung warten mußten, „den kannst du eigentlich jederzeit aufhalten und durchsuchen. Hat normalerweise immer was Gestohlenes dabei."

„Was haben wir denn noch so Wichtiges vor, daß wir ihn laufen gelassen haben?" fragte Georg interessiert. Er wunderte sich immer noch, daß die Kollegen den windigen Rudi nicht verhaftet hatten.

„Na, einen geheimen Auftrag", erklärte ihm Schuster mit feierlicher Stimme, als er den Käfer durch die Schwabacher Straße bugsierte.

„Tatsächlich? Was denn?" Georg konnte eine gewisse Nervosität nicht verbergen.

„Nicht so neugierig dahinten, Stift!", tat auch Rimmel wichtig, aber gleichzeitig zwinkerten seine Augen.

Die Fahrt endete in der Südstadt, genauer gesagt auf dem Hof der Humbser-Brauerei. Ein Gabelstapler brachte ihnen eine Palette mit einer Lage Bierkästen, und da ein Käfer über keinen wirklichen Kofferraum verfügte, mußte Georg aussteigen, um acht Kästen Bier auf dem Rücksitz Platz zu machen. Und weil durch die Ladung nur noch zwei Personen ins Fahrzeug paßten, hatte Georg als Jüngster des Dreiergespanns zur Hauptwache zurückzulaufen. Dort angekommen mußte er feststellen, daß Schuster und Rimmel mit zwei anderen Kollegen bereits über einer Runde Schafkopf den ersten Kasten geleert hatten.

Mittlerweile war Georg selbst Wachtmeister geworden und lief in blauer Uniform mit einem Kleeblatt auf der Dienstmütze Streife in den Straßen der Innenstadt. Normalerweise waren sie ja immer paarweise unterwegs, aber die Kirchweih im Oktober hatte wieder haufenweise Überstunden verursacht. Über fünfzig Polizisten hatten an den verschiedenen Kreuzungen den Verkehr regeln müssen, um den Besucheransturm einigermaßen in geordnete Bahnen zu lenken. Die Stadt brauchte dringend mehr Ampelanlagen, rüstete aber aus Geldgründen nur langsam nach. An diesem tristen Novembernachmittag ging Georg nun alleine durch Fürth und freute sich, daß er nichts Außergewöhnliches bemerkte. Alles war wie immer: Das Wetter war ungemütlich, er fror und sehnte sich in seine warme Wachstube im Rathaus zurück.

In diesen Tagen belastete die Polizei ein weiteres Ereignis, das bereits seine Schatten vorauswarf. Am kommenden Wochenende würde Bundeskanzler Erhard seiner Heimatstadt einen Besuch abstatten. Die gesamte kommunale Verwaltung stand deshalb schon seit Monaten Kopf, weshalb kaum noch Personal für den Routinebetrieb übrigblieb. Georg hätte es überhaupt nicht in den Kram gepaßt, jetzt, auf sich alleine gestellt, eine Wirtshausschlägerei schlichten zu müssen. Am Marktplatz schrieb er gewissenhaft zwei Falschparker auf und hielt die Kennzeichen der Fahrzeuge in seinem Notizblock fest, damit er überblicken konnte, ob die Burschen sich künftig auch besserten. Schließlich überquerte er die Königstraße in Richtung Gänsberg.

Der Autoverkehr hatte in letzter Zeit immer stärker zugenommen. Die mageren Nachkriegsjahre waren endlich vorbei, die eine Hälfte der Stadt arbeitete bei Grundig, die andere bei Schickedanz. Die Leute kamen allmählich wieder zu Geld, und neue Autos waren leichter zu kriegen als neue Wohnungen. Neben den altbekannten VWs sah man immer häufiger DKWs, NSUs und Opel auf den Straßen, zum Teil auch ausländische Fabrikate wie Fiat oder Renault. Es wurde wirklich höchste Zeit, daß die Stadt ein paar ihrer Grünanlagen aufgab und in Parkplätze umwandelte.

In der Butzengasse traf Georg wie jeden Tag auf Frau Schumm. Die alte Dame hatte ein Kissen auf die Fensterbank gelegt, die Arme darauf gestützt, und beobachtete interessiert die Arbeit in einer gegenüberliegenden Schmiede. Die alte Schumm war bei den Polizisten der Rathauswache gut bekannt und beliebt, weil sie stets eine Tasse Kaffee oder ein Bier

für die Ordnungshüter bereithielt und außerdem oftmals die einzige nüchterne Zeugin war, wenn es in unmittelbarer Nähe zu gewalttätigen Auseinandersetzungen kam. Zumeist war das freitags der Fall, manchmal schwappten die aggressiven Ausbrüche aber auch auf andere Wochentage über. In der Bergstraße gleich um die Ecke gab es vier Wirtshäuser, in die sich die Handwerker der Stadt gerne zurückzogen, wenn sie am Freitag ihre vollen Lohntüten bekamen. Gewöhnlich ging das Besäufnis schon kurz nach dem Mittagessen los. Mit etwas Glück blieb alles bis zum frühen Abend friedlich, aber oft tauchten schon nach kurzer Zeit die Frauen der Handwerker auf und forderten von ihren Männern, den Lohn nicht wie schon letzten Monat wieder zu versaufen. Schließlich mußten ja noch die Miete gezahlt und Lebensmittel eingekauft werden. Da sich aber die rohen Kerle von ihren Gattinnen nichts sagen lassen wollten, und schon gleich gar nicht vor ihren Spezln, verprügelten einige ihre Frauen gleich an Ort und Stelle, was fast immer eine größere Schlägerei nach sich zog, die sich dann auf die Straßen hinaus verlagerte. Die meisten Wirte hatten noch kein Telefon, aber das war auch nicht nötig, weil sich Georgs Stammkundschaft immer brav an die eingespielten Zeiten hielt. Und sollte doch einmal wider Erwarten etwas Unvorhergesehenes passieren, schickten sie auch ihre Kinder oder andere Angehörige auf die Wache, wenn die Schlägerei kurz vor der Eskalation stand. Jedenfalls durfte freitags niemand damit rechnen, einen ruhigen Nachmittag im Rathaus-Parterre bei Bier und Karten zu verbringen. Zum Glück war heute erst Dienstag.

„Grüß Gott, Herr Georg!“, rief die alte Schumm von der anderen Straßenseite herüber.

„Grüß Gott, Frau Schumm!“ Georg überquerte lächelnd die Straße, „passen´S bloß auf, daß Sie sich bei diesem Wetter nicht den Tod holen.“

„Ah, gehen´S zu, das ist doch noch nicht kalt“, winkte sie ab.

„Na ja, mir langt´s“, sagte Georg und rieb sich bibbernd die Hände.

Das war das Zeichen, auf das Frau Schumm schon gewartet hatte: „Mögen´S vielleicht einen Kaffee, Herr Georg?“

„Nein, nein. Machen`S sich bloß keine Umstände“, wehrte Georg ab. Es war immer das gleiche Ritual.

„Aber das sind doch keine Umstände“, widersprach ihm die Alte, „gerade habe ich einen frischen aufgebrüht.“

„Wenn das so ist, dann bin ich so frei“, willigte Georg nun dankbar ein.

„Ach, kommen`S doch schnell rein“, Frau Schumm richtete sich schwerfällig auf, „ich hätt´ da nämlich noch eine kleine Bitte ...“

Georg hatte schon vermutet, daß die alte Dame wie so häufig auch noch einen Auftrag für ihn hatte, aber den erledigte er gerne. Lieber holte er einer alten Frau Einweckgläser aus dem Keller, als den fünften Besoffenen aus einer Kneipe zu ziehen. Doch heute waren keine Gläser, sondern Kohlen und Holz an der Reihe. Die Scheite spaltete Georg noch kleiner auf, damit sie beim Verheizen leichter anbrennen würden. Nach fünf Minuten war Frau Schumm glücklich über die erledigte Arbeit, und Georg wärmte seine Hände an einer duftenden Tasse Kaffee. In der Küche war es gemütlich warm, weil Frau Schumm noch immer auf einem alten Holzofen kochte, obwohl sich doch schon lange in allen

Häusern Leuchtgas befand, das auch immer häufiger zum Kochen verwendet wurde. Obwohl Georg einen dazu passenden Gasherd bereits vor etlichen Monaten in Frau Schumms Wohnung entdeckt hatte, schien die Alte ihn nicht zu benutzen.

„Warum kochen Sie denn immer noch nicht mit Gas, Frau Schumm?“ fragte Georg. „Das wäre doch viel bequemer.“

„Ach, hören'S mir auf mit dem neumodischen Zeug.“ Der Ton der Alten wurde abfällig. „Erst letzte Woche war's doch wieder in der Zeitung gestanden. Da ist eine ganze Familie gestorben wegen dem Drecksgas da!“

„Man muß es natürlich immer abdrehen“, bestätigte Georg, „aber wenn Sie bedenken, wie viele Leute mittlerweile mit Gas kochen, passiert eigentlich nicht viel. Wir kriegen das auf der Wache ja direkt mit.“

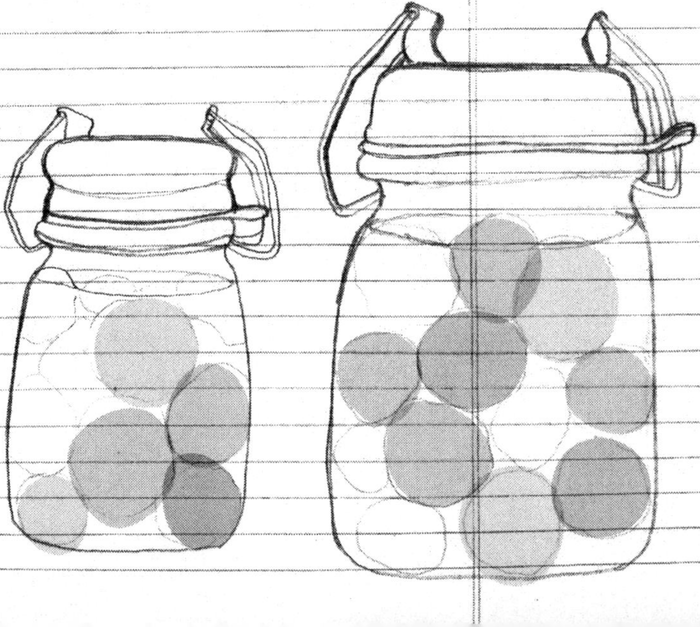

„Nein, nein", die Alte schüttelte energisch den Kopf, „ich trau dem Gas nicht ... ach bitte, Herr Georg, sind´S so gut und schauen´S doch noch einmal nach, ob der Hahn auch zugedreht ist ... ich trau einfach nicht!"

„Aber wir haben doch letzte Woche schon nachgesehen", wandte Georg ein.

„Ach bitte, Herr Wachtmeister", flehte Frau Schumm nun, „ich trau nicht!"

„Warum haben Sie denn dann überhaupt einen Gasherd, wenn Sie ihn nicht benutzen?", fragte Georg, während er zum x-ten Mal überprüfte, ob der Gashahn auch wirklich zugedreht war.

„Den hat mir der Hausbesitzer einfach so hineingestellt", erwiderte das Mütterlein. „Er will, daß wir im ganzen Haus nicht mehr mit Holzöfen kochen, weil die manchmal so qualmen, vor allem, wenn´s wärmer wird ..."

„Ah so ..."

„Ja, aber heizen müssen wir ja auch noch mit Kohlen, da kommt es doch auf das Kochen dann auch nicht mehr an, oder?" Frau Schumm stand an ihrem Herd und schlug zur Bekräftigung ihres Arguments einmal mit dem Schürhaken darauf. „Und ich brauch`s ja eh nur in der Küche warm. Warum soll ich dann noch zusätzlich Gas verbrauchen, wenn das Feuer schon brennt?"

Nach dem Kaffee setzte Georg seine Streife fort und stand zur vorgesehenen Zeit an der Billinganlage, dem Wendepunkt der Nürnberger-Fürther Straßenbahn. Er versteckte eine brennende Zigarette in der hohlen rechten Hand, und während er den bimmelnden Trams beim Ankommen und Abfahren zusah, dachte er sich zum hundertsten Mal, daß es eigentlich ziemlich dumm war, eine Polizeistreife immer zur gleichen Zeit immer dieselbe Strecke laufen zu lassen. Da konnte sich ja jeder Ganove in Ruhe einen eigenen Zeitplan machen, weil er sich ausrechnen konnte, wann er gewiß keine Probleme kriegen würde. Da war es kein Wunder, wenn man dem um sich greifenden Fahrraddiebstahl nicht Herr wurde. Georg fror und trat von einem Bein auf das andere. Noch fünfzehn Minuten, dann konnte er zurück zum Rathaus gehen. Bei jedem Streifengang gab es mehrere Zeitfenster, in denen sich die Polizisten an den vorgeschriebenen Orten aufhalten mußten. Das hatte etwas mit dem Funk zu tun, beziehungsweise damit, daß sie in Fürth eben keinen funktionstüchtigen Funk besaßen. Die geerbten Geräte der Amerikaner aus dem Krieg funktionierten zwar perfekt auf dem dünn besiedelten Land, in einer dicht bebauten Stadt waren sie dagegen unbrauchbar. Da nun aber jederzeit ein Großeinsatz notwendig werden konnte, mußten die Wachleitungen immer wissen, wo das eingesetzte Personal sich gerade befand. Dies bedeutete für die Streifenpolizisten wiederum, daß sie sich für eine bestimmte halbe Stunde beispielsweise an der Billinganlage aufzuhalten hatten, damit die motorisierten Kollegen sie abholen konnten, wenn Not am Mann war.

„Irgendwas Besonderes?“, erkundigte sich Hacker, als Georg verfroren wieder die warme Rathauswache betrat.

„Nix", Georg legte seinen Mantel ab und zündete sich die langersehnte Zigarette an, „die Schumm hat mal wieder Holz und Kohlen gebraucht."

„Die Alte wird wahrscheinlich auch nie sterben", grunzte Hacker, während er begann, hinter seiner Schreibmaschine an einer krummen Zigarre zu ziehen. Max Hacker war der Wachvorsteher der Rathauswache und einer der ältesten Hasen im Viertel. Er selber ging so gut wie nie mehr auf Streife. Schließlich wußte er sowieso immer ganz genau, wer gerade wo ein Verbrechen beging. Den jungen Georg hatte er anfangs besonders hart angefaßt. Ständig hatte er ihm Sonderschichten aufgebrummt und jedes Schriftstück, das Georg verfaßt hatte, mußte er seinem Chef zur Korrektur vorlegen. Erst als sie eines Abends wieder mal im Gänsbergviertel aufräumen mußten und Hacker bemerkte, daß auch Georg mittlerweile betrunkene Randalierer an einem Hosenbein aus dem Wirtshaus schleifen konnte – und das, ohne auf deren Köpfe und auf die drei Eingangsstufen Rücksicht zu nehmen –, fing er langsam an, ihn als seinesgleichen zu betrachten und zu behandeln.

„Und, was gibt´s hier?", fragte Georg, während er auf Hackers Schreibmaschine deutete.

„Der Berti vom Kohlenhof hat beim Kurzwaren-Reimer zwei Paar Hosenträger mitgehen lassen", Hackers Finger kreisten wie hungrige Geier über der Tastatur.

„Hat das jemand gesehen?"

„Die Personenbeschreibung paßt", erwiderte Hacker, „und in der Gegend kommt eben nur der Berti in Frage. Aber das haben wir gleich."

„Willst du ihn vorladen?", erkundigte sich Georg

und machte sich ein Bier auf.

Hacker antwortete seinem Kollegen nicht sofort, sondern schlug weiter konzentriert auf die Schreibmaschine ein. Schließlich zog er das Blatt mit einem Ruck heraus und ergänzte noch ein, zwei Sätze handschriftlich. Alsdann zeigte er Georg das Papier. Es war eine übliche Vorladung zur Einvernehmung auf der Dienststelle, nur neben seiner Unterschrift hatte der Wachvorsteher in seiner zackigen Handschrift hinzugefügt: „Gestohlene Hosenträger sind mitzubringen!“

„Hat die Schumm eigentlich gesagt, ob sie demnächst ausziehen muß?“ fragte er schließlich.

„Ausziehen? Aber warum?“ Georg war verblüfft.

„Na, Fürth ist doch seit diesem Jahr kein schwarzer Kreis mehr.“

Leuchtgas

Der Mittwoch verlief ganz ähnlich wie der Dienstag. Der einzige Unterschied: Es war noch etwas kälter geworden. In der Königstraße machten zwei Frauen Georg auf einen aufgebrochenen Strumpfautomaten aufmerksam, der gestern noch intakt gewesen war. Georg notierte sich pflichtbewußt den Namen der Firma, die den Automaten betrieb, und die Personalien der zwei Frauen. Er tippte auf den Flußbad-Ferdl als Übeltäter. Der hatte schon manchmal versucht, mit Nylonstrümpfen und anderen Naturalien bei verschiedenen Prostituierten Eindruck zu machen. Meist umsonst, denn die Damen nahmen lieber die Dollar der amerikanischen Soldaten in der Südstadt. Aber auch das würde Hacker schnell herausfinden.

Am Gänsberg war gerade ein Scherenschleifer unterwegs, der im Nachbarhaus der Schumm zwei Kundinnen gewonnen hatte. Seltsamerweise saß die Alte nicht an ihrem angestammten Platz am Fenster. Georg erkundigte sich bei den Nachbarinnen, ob sie Frau Schumm heute schon einmal gesehen hatten, aber diese verneinten. Daraufhin klopfte er ans Fenster, und als sich im Innern nichts rührte, betrat er das Haus. Der Hauseingang war typisch für die Gegend. Die Wände waren früher Fachwerk gewesen, aber im Laufe der Jahre grob verputzt worden, der Anstrich blätterte an mehreren Stellen ab. Eine Beleuchtung gab es nicht, und es roch intensiv nach Holzfeuer. Georg klingelte bei den Mietern im ersten Stock, dem Klingelschild nach eine Familie Doll. Die Frau, die ihm öffnete, machte einen verschlafenen Eindruck.

„Polizei, Wachtmeister Keil", stellte Georg sich vor, „haben Sie heute schon Frau Schumm gesehen?"

„Ich bin erst seit halb drei daheim", erwiderte die Frau langsam, „dann habe ich mich kurz hingelegt. Habe niemanden gesehen."

„Arbeiten Sie Schicht?", fragte Georg.

„Ja, bei Grundig. Diese Woche ist Frühschicht dran."

„Wann sind Sie denn heute früh aus dem Haus gegangen?"

„Um halb sechs." Die Frau gähnte verhalten.

„Ist Ihnen da im Parterre etwas aufgefallen?"

„Nein, aber so früh hab ich die Frau Schumm auch noch nie getroffen."

„Haben Sie Telefon?", fragte Georg und zog seinen Notizblock aus der Manteltasche.

„Ja, seit drei Monaten", die Frau schien unzufrieden zu sein, „seit zwei Jahren warten wir schon und jetzt, wo wir ausziehen, kriegen wir endlich eins."

„Ich hoffe, Sie haben etwas Besseres gefunden?" erkundigte sich Georg.

„Ach, von wegen! Die haben uns gekündigt!" empörte sich Frau Doll. „Das geht ja jetzt alles."

„Das tut mir wirklich leid, aber würden Sie mir trotzdem einen Gefallen tun? Probieren Sie es bitte heute noch ein paar Mal bei Frau Schumm, und rufen Sie uns an, wenn Sie sie angetroffen haben." Er riß den Zettel mit der Telefonnummer der Rathauswache ab und reichte ihn Frau Doll.

„Ja, sagen Sie mal", langsam schien die Frau wach zu werden, „hat die alte Schumm wohl was angestellt?"

„Nein, nein", bei dem Gedanken mußte Georg lachen, „ich mache mir nur Sorgen, weil ich sie normalerweise immer am Nachmittag antreffe."

Unten klopfte Georg nochmals versuchsweise an Frau Schumms Wohnungstür. Als sich noch immer nichts tat, ging er in den Hinterhof, wo sich die Toiletten für das Erdgeschoß befanden. Georg schlug gegen die Brettertür und öffnete , fand das „Kloheisla“ jedoch leer vor.

In der Wache brütete Hacker über den Fürther Nachrichten, und der Kollege Manni Burkel, der einzige, der noch jünger als Georg war, tippte etwas auf der Schreibmaschine. Zwischen den beiden lagen zwei Paar originalverpackte Hosenträger. Obwohl Hacker in den Sportteil vertieft schien, diktierte er Manni nebenbei den Bericht zur Aufklärung des Bagatelldiebstahls aus dem Kurzwarenladen. Manni wirkte unglücklich. Offenbar empfand er es als ungerecht, da Hacker ihn als Sekretärin mi brauchte.

„Jetzt zieh nicht so ein Gesicht“, knurrte der Wachvorsteher schließlich, „du mußt

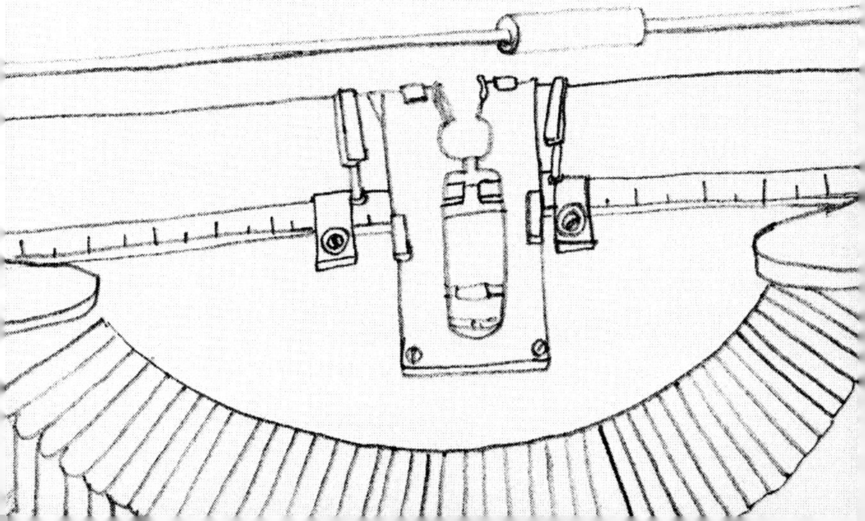

zuerst einmal was leisten im Leben. Und außerdem könnt ihr Jungen mit diesen Maschinen viel schneller umgehen!"

„Ich beschwer mich ja gar nicht", beeilte sich Manni zu versichern.

„Hat der Berti die Hosenträger also mitgebracht?", fragte Georg, obwohl das offensichtlich war.

„Freilich!" brummte Hacker.

„Wir haben da übrigens noch einen Diebstahl", berichtete Georg über den einzigen Vorfall seines Streifengangs, „ein Strumpfautomat in der Königstraße ist aufgebrochen worden, offenbar heute Nacht oder früh am Morgen."

„Und, wer war's?", Manni schien die Frage aus Spaß zu stellen.

„Natürlich der Flußbad-Ferdl", antwortete Hacker, ohne von seiner Zeitung aufzublicken.

„War auch mein erster Verdacht", stimmte Georg zu, während er sich eine Zigarette anzündete.

„Und woher wollt ihr das so genau wissen?" Manni ließ von seiner Schreibmaschine ab und lehnte sich erstaunt in seinem Stuhl zurück.

„Nicht fragen, weiterschreiben!" befahl Hacker.

„Und danach bringst du die Hosenträger zurück zum Kurzwaren-Reimer", ergänzte Georg.

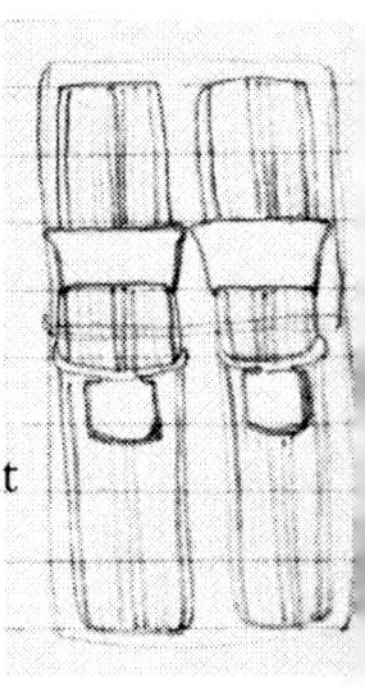

„Und anschließend lädst du den Ferdl vor", legte Hacker nach.

„Und die Strümpfe soll er auch gleich mitbringen, was?", seufzte Manni, als er den Bericht aus der Maschine zog.

„Na also, geht doch." Hackers breites Gesicht verzog sich zu einem schiefen Grinsen. „Langsam lernt er doch dazu, der Bub!"

Als Manni sich schon auf dem Weg zum Kurzwarenladen befand, erzählte Georg seinem Kollegen, daß er Frau Schumm heute seltsamerweise nicht wie sonst angetroffen hatte.

„Dann ist sie halt doch schon ausgezogen“, schlußfolgerte Hacker, „ich habe dir doch gesagt, daß wir jetzt ein weißer Kreis sind.“

Als weißer Kreis wurden Städte oder Landkreise bezeichnet, in denen die Wohnungsnot soweit zurückgegangen war, daß nur noch ein Defizit von circa drei Prozent bestand. Die Umwandlung von einem schwarzen in einen weißen Kreis bedeutete, daß die Wohnungen nun nicht mehr von der Stadt bewirtschaftet und die Mieten nicht mehr mit Obergrenzen vorgegeben wurden. Jeder Hauseigentümer konnte somit von nun an selbst die Mieten festsetzen, so daß es in den letzten Monaten bereits zu deutlichen Preissteigerungen gekommen war. Georg störte das momentan wenig, da er noch in seinem Elternhaus, einem landwirtschaftlichen Anwesen in Poppenreuth, wohnte. Aber irgendwann, das stand für ihn fest, würde er eine Familie gründen, und dann bräuchte auch er eine bezahlbare Wohnung in der Stadt.

Was den Gänsberg betraf, so wurde damit gerechnet, daß viele Häuser in einem so maroden Zustand waren, daß der Stadt nichts anderes übrig blieb, als das gesamte Viertel abzureißen und neu zu bebauen. Sie hatte bereits damit begonnen, den Besitzern ihre Immobilien abzukaufen. Doch obwohl Georg das alles wußte, konnte er es beim besten Willen nicht mit dem Verschwinden von Frau Schumm in Verbindung bringen.

„Aber ich war doch gestern erst in ihrer Wohnung“, warf er ein, „meinst du nicht, es wäre mir aufgefallen, wenn sie heute hätte ausziehen wollen? Außerdem hätte sie ja wohl etwas davon erwähnt. Stattdessen hat sie mich gebeten, für die nächsten Tage Kohlen und Schürholz aus dem Keller zu holen. Das ist doch schon etwas seltsam, oder?"

„Ach was, die Alten sind halt manchmal verwirrt", tat Hacker Georgs Einwände ab, „das wird sich schon aufklären, jetzt schieb mal keine Panik!"

„Wahrscheinlich hast du recht", lenkte Georg seufzend ein und setzte sich hinter seinen Schreibtisch. Erst jetzt fiel ihm auf, daß sich eine Stenorette darauf befand. Das waren kleine Tonbandgeräte von Grundig, die dazu benutzt wurden, Briefe und andere Schriftstücke zu diktieren. Bei den Vorzimmerdamen des Direktoriums waren die Dinger schon lange üblich. Bei der Polizei hatte er sie aber noch nie gesehen.

„Willst du unserem Manni jetzt wohl nicht mehr persönlich diktieren?", fragte Georg, während er das Gerät prüfend betastete.

„Geh zu!" seufzte Hacker. „Unser Polizeichef ist der Meinung, daß wir die Dinger jetzt auch einmal ausprobieren sollen ..."

Georg schaltete die Wiedergabefunktion ein. Offenbar war auf dem Gerät die Aussage irgendeines Zeugen aufgenommen worden, die sich in etwa so anhörte:

„Und nou houds an Drümmer Schloch dou und des halbe Grüst is nunderkumma. Sou, gud Nochd hob i gsochd, edz is alles hie und nou houd der Masder glei auf der Bauschdell an Herzinfarkt greicht ..."

„Tolle Idee!" beschied Georg sarkastisch.

„Gell!" brummte Hacker.

„Was ist denn das da?", fragte Georg, als er noch einen beschrifteten Zettel entdeckte.

„Na, lies halt mal.“ Hacker grinste vielsagend. „Ein Fräulein Sperber hat angerufen und wollte dich dringend sprechen.“

„Gisela! Dann hat sie heute Abend doch Zeit, um ins Kino zu gehen?“ Georgs Mine hellte sich schlagartig auf.

„Hat sich jedenfalls für mich so angehört. Kannst sie bis achtzehn Uhr in ihrem Büro zurückrufen.“, Hacker faltete die Zeitung zusammen. „Ist das nicht die Kleine, die du auf der Kärwa kennengelernt hast?“

„Hmmm“, stimmte Georg geistesabwesend zu, während er hektisch in seinem Notizblock blätterte, in dem er aber nur die Kennzeichen von Falschparkern finden konnte.

„Beim Geismann-Ausschank?“

„Hmmm ...“, Georgs Gesichtsausdruck wurde umso verzweifelter, je länger er erfolglos blätterte.

„Mit der du anschließend Riesenrad gefahren bist?“

„Ja doch. So ein Mist, ich finde ihre Telefonnummer nicht mehr!“

„Aaaah, muß Liebe schön sein“, seufzte Hacker und klopfte übertrieben laut mit einem Lineal auf den Zettel, den er für Georg beschriftet hatte. „Na so was, da steht sie ja!“

Am nächsten Morgen kam es auf der Kreuzung vor dem Rathaus zu einem kleineren Tumult. Georg hörte das Quietschen von Reifen und lautes Geschrei. Während Hacker in seinem Schreibtischstuhl ein Nickerchen machte, knöpfte er sich seine Jacke zu, setzte die Dienstmütze auf und trat auf die Straße.

An der Ampel war es fast zu einem Auffahrunfall gekommen. Ein beigefarbener Käfer hatte trotz grünem Lichts scharf abgebremst, woraufhin der Fahrer des ihm folgenden, gelben NSU das Steuer gerade noch herumreißen konnte, den Käfer aber trotzdem noch am hinteren linken Kotflügel gestreift hatte. Die beiden Mäner waren mittlerweile ausgestiegen, behinderten den Verkehr und bedachten sich gegenseitig mit wenig originellen Beleidigungen.

Wie sich herausstellte, war niemand geringerer Schuld an dem Vorfall als der Alt-Oberbürgermeister Bornkessel. Dieser hatte es sich seit Installation der Signalanlage zur Gewohnheit gemacht, stets bei Rot die Fußgängerampel zu überqueren, damit klar war, wer in dieser Stadt das Sagen hatte. Zwar war er seit einem halben Jahr schon nicht mehr im Amt, dafür aber zum bayerischen Senator berufen worden, was sein Geltungsgefühl jedoch offenbar nicht schmälerte. Höchstwahrscheinlich war Bornkessel gerade wegen des bevorstehenden Besuches von Ludwig Erhard von einem Termin ins Rathaus gekommen und hatte sich wie früher auf der Königstraße Vorrang verschafft. Da man einen bayerischen Senator und ehemaligen Oberbürgermeister nun aber nur schlecht wegen einer Verkehrsbagatelle anzeigen konnte, riet Georg den zwei Schreihälsen, ihre Versicherungen zu verständigen und sich den entstandenen Schaden gerecht zu teilen. Vor allem aber sollten sie schleunigst die Fahrbahn räumen.

Als er die Wachstube wieder betrat, war Hacker aufgewacht. Er hing am Telefon, brummte ein paar Mal, legte dann auf und schwieg für einige Momente.

„Im Haus der alten Schumm riecht's stark nach Gas", sagte er schließlich.

Frau Schumm war tot. Georg war das schon in dem Moment klar gewesen, als die Jungs von der Feuerwehr das alte Schloß der Eingangstür mit einem einfachen Dietrich geknackt und ihm und seinem Kollegen ein Schwall von Gas entgegengekommen war. Schon vorher hatte der Feuerwehrhauptmann den neugierig

hinter ihm stehenden Hausbesitzer samt seiner Frau und einigen anderen Mietern aus dem Treppenhaus gejagt und war mit seinen Leuten in die Wohung gestürmt. Sie hatten das Gas abgedreht, alle Fenster aufgerissen und den Leuten im Haus angeschafft, kein Feuer zu machen und nicht zu rauchen – ja nicht einmal elektrisches Licht durfte angeknipst werden, bis sich das Gas verflüchtigt hatte.

Leuchtgas war zwar nicht so explosiv wie andere Gasarten, aber die ausgetretene Menge mußte ziemlich groß gewesen sein. Georg hatte Frau Doll gebeten, per Telefon die Kripo zu holen. Dann hatte er sich gezwungen noch etwas zu warten, konnte es aber nach fünf Minuten nicht mehr aushalten und war mit vorgehaltenem Taschentuch in die Wohnung gegangen, um sich die arme Frau Schumm genauer anzusehen. Sie lag in einer leicht verdrehten Haltung in ihrer Küche auf dem Boden, in ihrer hellblau-lila gestreiften Kittelschürze und den Filzlatschen über den Stützstrümpfen. Teile des silbergrauen Haares hatten sich aus dem Haarknoten gelöst und umrahmten wirr ihr von den Jahren gezeichnetes Gesicht. Die alte Frau

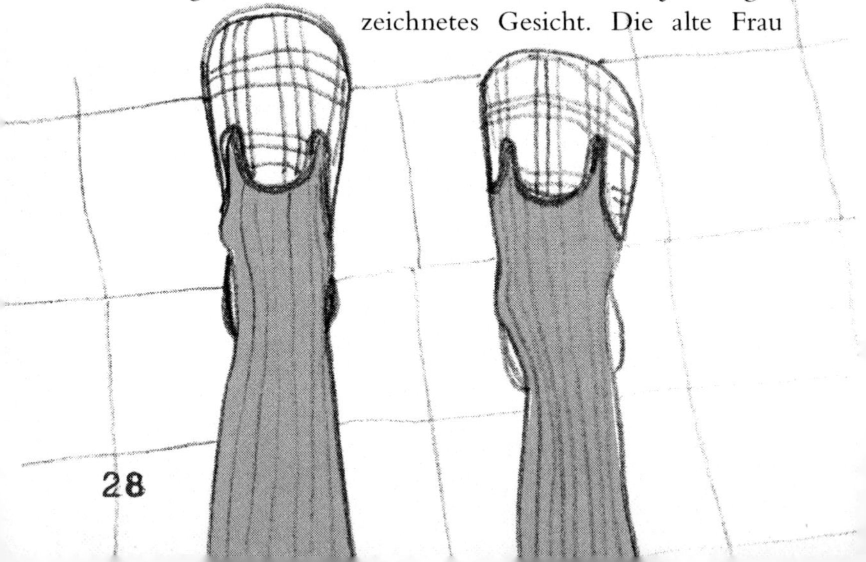

Schumm schien einen ganz und gar nicht friedlichen Tod gefunden zu haben. Ihre weit aufgerissenen, glasigen Augen wirkten panisch und voller Angst, die Hände hatte sie zu verkrampften Fäusten geballt. Georg versuchte vergeblich, ihren Oberkörper anzuheben. Die Leichenstarre hatte bereits eingesetzt. Er wußte, daß er möglichst wenig anfassen sollte, um eventuelle Spuren nicht zu verwischen, aber ob dieser Situation war er zu schockiert und gleichzeitig zu neugierig, um dieVorschriften zu befolgen.

Da er die Luft nicht länger anhalten konnte, lief er zum Fenster und atmete ein paar Mal tief ein und aus, bevor er an die Seite der Toten zurückkehrte. Vorsichtig nahm er den Kopf der Frau in seine Hände, um ihn zu untersuchen. Am Hinterkopf ertastete Georg eine mittelgroße Beule, durch die grauen Haarsträhnen schimmerte es rot-blau. Er spürte, wie Übelkeit ihn zu übermannen drohte, und rannte aus der Wohnung auf die Straße hinaus.

Selbst in angemessener Entfernung vom Haus vermied er es, eine Zigarette anzuzünden, obwohl es ihm so sehr danach verlangte. Mit dem Vermieter-Ehepaar wartete er ungeduldig auf die Kollegen von der Kripo. Mittlerweile war die Feuerwehr wieder abgerückt, und es hatte sich eine Menschentraube um das Haus versammelt. Georg versuchte, die Leute fortzuscheuchen, hatte damit aber nur mäßigen Erfolg. Er war zu durcheinander, um autoritär zu wirken. Tote waren so gar nicht das Metier der Fürther Schutzpolizei.

„Das hat uns gerade noch gefehlt“, schimpfte Frau Kellner, die Frau des Hausbesitzers, „daß wir jetzt auch noch die Polizei im Haus haben. Was sollen denn die Leute denken?“

„Jetzt hör aber auf", wies ihr Gatte sie entschieden zurecht, der eigentlich wesentlich sanftmütiger wirkte als seine Frau.

Georg hielt es indes nicht länger aus und zündete sich jetzt doch eine Zigarette an.

Zwanzig Minuten später trafen die beiden Kriminalbeamten Inspektor Bratsch und Oberinspektor Hörlein ein. Bratsch war etwa Ende Dreißig und wirkte in seinem karierten Anzug und mit einem halben Liter Pomade im Haar eher wie ein Playboy als ein Hüter des Rechts. Außerdem stank er penetrant nach Pitralon. Sein Kollege Hörlein, der sichtbar kurz vor der Pensionierung stand, trug einen Hut mit Gamsbart und einen Lodenmantel. Von Georg ließ er sich über die bisherigen Ereignisse informieren und zündete sich dann eine Zigarre an. Ein krummes Ding, wie es Hacker auch oft rauchte.

„Entschuldigung, Herr Oberinspektor", wagte Georg einzuwerfen, „aber wir haben er hier mit ausgetretenem Gas zu tun."

„Belehren Sie mich nicht, Sie Lümmel", knurrte Hörlein und winkte Bratsch, ihm ins Haus zu folgen, „ziehen Sie erst einmal in einen Krieg, dann können wir weiterreden!“ Der Alte zog das rechte Bein auffallend schwerfällig nach, doch Georg vermochte nicht zu sagen, ob er eine Prothese trug oder nur ein steifes Knie hatte. Fest stand für ihn allerdings, daß die beiden Kripobeamten offenbar mitten aus ihren Vorbereitungen für den Besuch des Bundeskanzlers gerissen worden und wenig erfreut über die Störung waren, die sie nun Georg höchstpersönlich anlasteten.

„Wer bezahlt uns denn jetzt den entstandenen Schaden?“, meldete sich Frau Kellner wieder zu Wort, während Georg sich fragte, wo die Sanitäter blieben, die Frau Schumms Leiche abtransportieren sollten.

„Was denn für ein Schaden?“ Er konnte dem Gedankengang der Hausbesitzerfrau nicht folgen.

„Na ja, das Schloß ist ja sicher beschädigt worden, und dann gibt es schließlich noch die undichte Gasleitung“, zählte die Frau auf.

„Wissen Sie was? Wenn Sie in diesem Moment wirklich keine anderen Sorgen haben, dann kann ich Ihnen auch nicht helfen“, fuhr Georg die Beißzange an, deren Mann damit beschäftigt war, die anderen Mieter zu beruhigen, die sich noch immer auf der Straße befanden.

„Der Fall ist ganz klar“, erklärte Hörlein, als er mit seinem geschniegelten Assistenten wieder aus der Wohnung rauschte.

„Dann kommt die Leiche jetzt in die Rechtsmedizin?“, fragte Georg, der trotz seines Entsetzens eine gewisse Neugierde nicht verbergen konnte.

„Rechtsmedizin?“ Bratsch lachte überheblich. „So weit kommt's noch!“

„Ja, aber …“, versuchte Georg einzuwenden.

„Das ist doch ein eindeutiger Gasunfall!“, Hörlein

warf den Zigarrenstumpen auf die Straße und trat mehrere Sekunden darauf herum. „Die Alte hat schlichtweg vergessen, den Hahn zuzudrehen, und ist dann wahrscheinlich eingeschlafen."

„Aber sie hat doch eine Beule am Hinterkopf", widersprach Georg. „Das müssen Sie doch bemerkt haben!"

„Soso, dann haben Sie die Leiche also schon untersucht", stellte Bratsch scheinbar interessiert fest. „Ich wußte ja gar nicht, daß sowas in Ihre Zuständigkeit fällt!" Er musterte Georg mit einem überheblichen Blick.

„Aber ich habe doch nachsehen müssen, ob sie vielleicht noch lebt", rechtfertigte sich Georg.

„Schon klar", Hörlein winkte genervt ab und zog einen Flachmann aus der Innentasche seines Mantels, „ist schon recht. Dann ist sie eben nicht eingeschlafen, sondern vom Gas bewußtlos geworden und im Fallen mit dem Kopf gegen die Herdkante gestoßen. Die Leiche liegt ja auch direkt daneben."

„Ganz meine Meinung", beeilte sich Bratsch zu versichern.

„Schleimscheißer", raunzte Hörlein kaum hörbar und nahm einen langen Schluck aus dem Flachmann.

„Aber ich habe vorgestern noch mit ihr gesprochen", wandte Georg ein, „sie hat dem Gas total mißtraut. Frau Schumm hat den Herd nie verwendet. Ich mußte ihr immer wieder Feuerholz aus dem Keller holen und kontrollieren, daß der Hahn auch fest zugedreht war. Sie hat ausschließlich mit ihrem Holzofen gekocht!"

„Jetzt hör mal gut zu, du Bürschlein", Bratsch drückte wütend seinen beringten Zeigefinger gegen Georgs Nasenspitze, „du bist ein Fußlatscher, und wir hier, wir sind von der Kripo. Was glaubst du, warum wir keine Uniformen tragen und doppelt so viel verdienen wie du, na?"

„Alte Leute erzählen oft wirres Zeug", Hörlein drückte den Zeigefinger seines Kollegen wieder nach unten, „damit allein können wir noch keine rechtsmedizinische Untersuchung rechtfertigen. Haben Sie auch nur eine Ahnung, was das kostet?"

„Nein", gab Georg wahrheitsgemäß zu.

„Na also", die Stimme des Alten wurde jetzt beinah sanft, „von den ganzen großen Zusammenhängen versteht ihr Burschen doch nichts. Die Stadt Fürth hat genug damit zu tun, die vielen Polizisten zu bezahlen, und außerdem brauchen wir immer mehr Fahrzeuge."

„Und Ampeln!" ergänzte Bratsch.

„Stimmt, die auch", nickte Hörlein. „Das sind Summen, die sich ein einfacher Wachtmeister überhaupt nicht vorstellen kann. Ich jedenfalls werde wegen dieses Mütterchens nicht zu meinem Chef gehen und eine teure Ermittlung vom Zaun brechen. Der hat zur Zeit ganz andere Sorgen. Ludwig Erhard zum Beispiel."

„Und dann gibt's auch noch soundso viele Familien, die so eine Wohnung gut gebrauchen können", setzte Bratsch nach.

„Das auch", seufzte der Oberinspektor, schaute zu Boden und dann wieder Georg an, „und jetzt sehen Sie zu, daß hier endlich ein Bestattungsunternehmen auftaucht. Ein Fremdverschulden können wir zweifelsfrei ausschließen. Und wenn Sie sich darüber hinaus noch nützlich machen und positiv auffallen wollen, übernehmen Sie auch die Benachrichtigung der Angehörigen."

„Es gibt keine Angehörigen", murmelte Georg.

Es war schon dunkel, als Georg wieder die Wache im Rathaus betrat. Manni und Hacker spielten mit dem Pförtner Schafkopf.

„Das Bier ist schon wieder alle", beschwerte sich Hacker, während Manni die Karten mischte und Georg sich seines Mantels entledigte, „denk daran, daß wir morgen den Kollegen von der Hauptwache Bescheid sagen. Die sollen uns ein paar Kästen mitbringen, wenn sie zum Humbser fahren."

„Auch das noch", stöhnte Georg, „ich könnte jetzt wirklich gut eins gebrauchen."

„Na, dann kommst du ja gerade recht", grinste Hacker. „Ich wollte unseren Stift nämlich gerade losschicken!"

„Wohin denn?" Manni tat unschuldig. „Ins Rote Roß", Hacker sah sich gezwungen, der Wichtigkeit halber seine Stimme ein wenig zu erheben, „da muß jetzt eh mal nach dem Rechten gesehen werden, und bei der Gelegenheit läßt du dir ein paar Flaschen Bier geben. Sagst einen schönen Gruß von mir. Und vergiß nicht wieder, eine Tasche mitzunehmen!"

„Ich bin aber mit Geben dran", startete Manni einen letzten Versuch, sich vor dem Auftrag zu drücken.

„Keine Sorge, da wird dich unser Schorsch schon gut vertreten“, Hacker nickte Manni gütig zu, und Georg nahm erleichtert Platz.

In den folgenden zehn Minuten verlor Georg ein Farbsolo und zwei Wenzen. Er war so unkonzentriert, daß Hacker ihn schließlich nach den Vorfällen bei der alten Schumm fragte. Georg faßte die Vorkommnisse möglichst knapp zusammen und hielt auch mit seinen Zweifeln an den Ermittlungsmethoden der Kripo nicht hinterm Berg. Da Hacker mittlerweile zwei Mark vierzig gewonnen hatte, zeigte er sich von seiner väterlich-gütigen Seite.

„Laß es bleiben, Bub“, riet er Georg, als dieser laut überlegte, mit seinen eindeutigen Hinweisen zu ihrem Vorgesetzten, Herrn Amtmann Stoll, zu gehen. „Es bringt nichts als Ärger, wenn du versuchst, der Kripo in die Suppe zu spucken.“

„Aber das ist doch ein Unding“ empörte sich Georg. „Die Frau Schumm hat den Gasherd nie und nimmer verwendet. Ich habe ihr vorgestern doch erst noch Holz aus dem Keller holen und mich davon überzeugen müssen, daß der Gashahn auch zu ist, weil sie dem Gas nicht vertraut hat.“

„Den Bornkessel, der da heute bei Rot über die Fußgängerampel gelaufen ist, zeigst du doch auch nicht an. Und genauso verhalten wir uns gegenüber der Kripo“, konterte Hacker. „Allmächd, Schorsch! Du bist doch jetzt schon lang genug dabei, um die Regeln zu beherrschen, oder?“

„Aber hier geht´s nicht nur um einen Blechschaden, sondern um einen Mord“, versuchte Georg, seinen Vorgesetzten zu überzeugen.

„Was weißt du denn? Vielleicht war die Gasleitung ja wirklich undicht", Hacker sortierte seine Karten und riß beim Anblick des Blattes erfreut die Augen auf. „Jetzt laß dir mal schön Zeit mit deinem Bericht, und dann legt die Kripo den Fall zu den Akten. Das ist für alle das Beste."

„Wo ist das noch mal passiert?", mischte sich jetzt auch der Pförtner ein, der dem dienstlichen Disput bislang schweigend zugehört hatte.

„Butzengasse neun", antwortete Georg, „warum?"

„Und wie heißt der Hausherr?"

„Kellner. Kennen Sie den?"

„G´legt is!", rief Hacker, ohne den Pförtner zu Wort kommen zu lassen, und haute seine Trillerpfeife auf die Tischplatte.

Bankraub und Rotarmisten

„Ist das denn zu fassen?", Georg hatte Hacker noch nie so aufgeregt gesehen wie an diesem, abermals kalten Nachmittag, als er – noch verschlafen – den Telefonhörer abgenommen hatte. Jetzt war er hellwach.

„Bewaffneter Bankraub? In Fürth? Bruder, Bruder ... wie hat der ausgesehen?"

Jetzt war es tatsächlich passiert. Nachdem sich im ganzen Land während der letzten Jahre die Banküberfälle gehäuft hatten, und das Innenministerium den Kreditanstalten dringend angeraten hatte, schußsicheres Glas vor ihren Schaltern zu installieren, hatte es nun auch die Dresdner Bank in Fürth erwischt. Der Täter war ein magerer Kerl gewesen, der sich einen Damenstrumpf über das Gesicht gezogen hatte. Auf dem Kopf trug er eine karierte Schiebermütze, ansonsten einen geflickten Mantel mit Fischgrätmuster. Als Waffe hatte er eine alte Wehrmachtspistole benutzt, und an seiner linken Hand hatten der Beobachtung zufolge zwei Finger gefehlt. Was die Beamten der Rathauswache anging, so war die Sache klar: der Maskierte konnte nur der Flußbad-Ferdl gewesen sein. So weit war der mit seinen Verbrechen zwar bisher noch nie gegangen, aber im Prinzip war ihm so eine Dummheit schon zuzutrauen. Die Kollegen von der Hauptwache hatten sich mit der Personenbeschreibung an den alten Hacker gewandt, der alle Fürther Ganoven in- und auswendig kannte, die ehrenwerten wie die weniger ehrenwerten. Die ehrenwerten traf man nach erfolgreicher Tat meistens im Roten Roß, wo ihnen ihre Kollegen ungefragt mit jeder Art von Alibi aushalfen. Die andere Sorte traf man beispielsweise im Puff, wo sie die Erträge ihrer Gaunereien ohne Verzögerung wieder in den Wirtschaftskreislauf einfließen ließen.

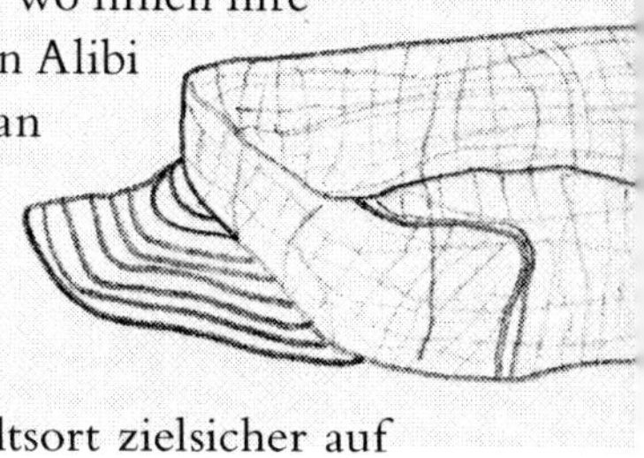

Hacker hatte für Ferdls Aufenthaltsort zielsicher auf den Rotlichtladen in der Südstadt nahe der Kaserne getippt und wollte nun unbedingt dabei sein, wenn der erste Fürther Bankräuber nur anderthalb Stunden nach der Tat dingfest gemacht werden würde. Schon in wenigen Minuten würde ein Streifenwagen vorfahren und Hacker zur Festnahme abholen.

Erwartungsvoll knöpfte er seine Uniformjacke zu, setzte die Mütze auf und schnallte sich Koppel samt Pistolenhalfter um den Bauch, wozu er tief einatmen mußte. Er konnte sich ernstliche Hoffnungen machen, zum ersten Mal in seinem Leben in der Zeitung abge-

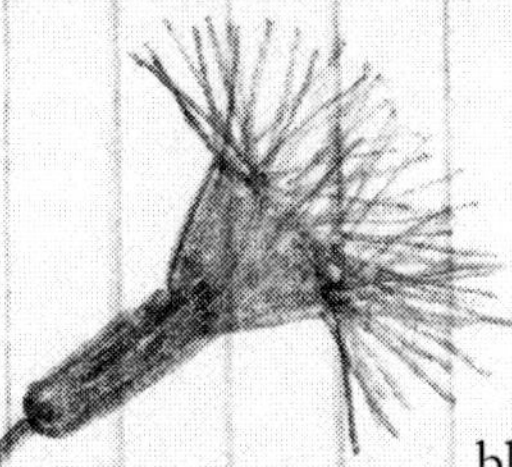

bildet zu werden. Zu allem Überfluß schneite in diesem Augenblick auch noch das völlig aufgeregte Fräulein Banzberg herein.

„Herr Wachtmeister, Herr Wachtmeister“, rief sie panisch, „bitte kommen Sie schnell, meine Mutter stürzt sich sonst aus dem Fenster!“

Die Familie Banzberg stammte aus Oberschlesien, wo sie eine Möbelfabrik besessen hatte, bis sie vertrieben wurde. Unmittelbar nach der Ankunft in Fürth hatte der alte Fabrikant Banzberg wieder mit der Produktion von Möbeln begonnen. Irgendwann war er dann mit dem aufstrebenden Unternehmer Max Grundig bekannt gemacht worden, der gerade einen tüchtigen Abteilungsleiter für die Herstellung der Radiogehäuse suchte, die aus mehr oder weniger fein furnierten Holzwerkstoffen bestanden. Und so hatte der alte Banzberg, obwohl damals schon Ende Fünfzig, noch gute zehn Jahre für Grundig gearbeitet, bis er vor sieben Jahren mitten in einer Sitzung vom Stuhl gefallen und gestorben war.

Seine Witwe wohnte mit ihrer unverheirateten Tochter in einer großen Wohnung in der Theaterstraße. Mittlerweile war sie auf der Polizeiwache gut bekannt, weil sie seit geraumer Zeit von Wahnvorstellungen heimgesucht wurde, die fast immer vom Krieg und den Russen handelten.

Heute war sie den Angaben der Tochter zufolge nach dem Mittagessen auf dem Kanapee eingeschlafen, bevor sie von einem verdächtigen Geräusch geweckt worden war. Kurz darauf waren angeblich mehrere Rotarmisten um ihr Haus geschlichen und auf das Dach geklettert. Nun hatte sich die alte Banzberg im Wohnzimmer verbarrikadiert und drohte damit, aus dem Fenster zu springen, wenn nicht jemand sofort die Russen aus ihrem Umfeld entfernte.

Ihre Tochter hatte die mysteriösen Rotarmisten schnell als zwei Schornsteinfeger entlarvt, von denen einer tatsächlich auf dem Dach des Hauses zu tun hatte. Die verdächtigen Geräusche waren aus dem Kamin gekommen, wo einer der beiden schwarzen Burschen unsanft mit seiner Bürste herumgefuhrwerkt hatte. Obwohl die Erklärung für jeden anderen Zuhörer durchaus logisch geklungen hätte, traute die alte Banzberg der Geschichte ihrer Tochter nicht und verlangte bestimmt, daß die Obrigkeit sich sofort der eingefallenen Kommunisten anzunehmen hatte.

Georg hatte einerseits langsam genug von den Eskapaden der spinnerten Witwe sowie von der Hilflosigkeit der Tochter, der nie etwas Besseres einzufallen schien, als die Polizei zu rufen, andererseits sah er in dem Vorfall eine äußerst willkommene Gelegenheit, dem noch größeren Wahnsinn auf der Wache für kurze Zeit zu entfliehen. Dienstbeflissen setzte er seine Mütze auf, fischte den Mantel vom Haken und machte sich mit dem Fräulein Banzberg auf den Weg in die nahe Theaterstraße.

Unter dem Fenster der Banzberg'schen Wohnung hatten sich bereits mehrere Schaulustige versammelt, die der Witwe mit angehaltenem Atem zusahen, wie sie behände ein Bein über das Fensterbrett schwang.

„Jetzt seien Sie doch vernünftig, Frau Banzberg", rief die Bäckersfrau von der Nummer sechsundzwanzig nach oben in den zweiten Stock, „es sind doch gar keine Russen hier!"

„Ach was, die haben Sie doch nur gezwungen, das zu sagen, damit sie uns alle erschießen können", rief die Alte hysterisch, „da hinten, da steht doch ein Roter mit seinem Gewehr!" Sie deutete auf einen der Schlotfeger, der am Hauseck herumlungerte und eine Zigarette rauchte. Er war höchstens siebzehn Jahre alt, wahrscheinlich noch ein Stift.

„Du kommst jetzt mal mit", befahl ihm Georg und packte den Burschen am Arm.

„Nicht springen, Mama", flehte Fräulein Banzberg währenddessen unablässig, „die Polizei ist schon da, es kommt alles wieder in Ordnung! Nur nicht springen!"

„So, das war der Letzte", Georg zerrte den sich heftig wehrenden Kaminkehrer unmittelbar unter das Fenster und zog die Handschellen aus der Tasche. „Da haben sich nur ein paar aus der Zone hierher verirrt, Frau Banzberg. Sie müssen sich keine Sorgen mehr machen. Den nehme ich jetzt auch noch mit, und dann haben wir sie alle erwischt."

„Gott sei Dank, die Gendarmerie", stöhnte die Witwe erleichtert und machte die erhofften Anstalten, ihr Bein wieder in ihre Wohnung zurückzuziehen. „Sperren Sie ihn nur gut ein, Herr Offizier!"

„Das verspreche ich Ihnen", rief Georg und zog zur Sicherheit noch seinen Colt aus dem Halfter, „ehe die sich versehen, schicken wir sie zurück nach Moskau. Aber Sie sind jetzt mal so gut und schließen die Tür wieder auf, ja?"

„Vorsicht", ließ sich plötzlich der Stift vernehmen, der versuchte, sich aus Georgs Klammergriff zu befreien, „sonst geht das Ding noch los."

„Und du redest nur, wenn du gefragt wirst, Ivan!",

befahl Georg so laut, daß es auch die alte Banzberg hören mußte, und gab dem Bürschchen einen Klaps auf den Hinterkopf.

„Aua!“, protestierte der Schornsteinfeger empört.

„So, jetzt werfen wir dich erst einmal in eine Zelle, und anschließend geht's dann wieder zurück zu den Kosaken“, rief Georg, während er den schwarzen Jungen in Richtung Rathaus vor sich her schubste.

„Dagmar, du kannst jetzt wieder raufkommen“, hörte man noch die Alte in der Wohnung rufen, „ich habe unsere Fabrik verteidigt!“

„Nix für ungut, Kleiner“, sagte Georg, als sie um die nächste Straßenecke gebogen waren, „aber das nächste Mal trampelst du nicht mehr so laut auf dem Dach herum, gell!“ Er zog seine Zigaretten aus der Manteltasche und bot dem Lehrling eine an.

„Das kann doch keiner ahnen, daß die Oma wegen so etwas durchdreht“, verteidigte er sich.

„Stimmt, aber jetzt weißt du's ja“, erwiderte Georg. „Und wenn ich das nächste Mal wieder kommen muß, um die alte Dame vor dir zu retten, dann pack ich dich wirklich ein, verstanden?“

„Ja, schon gut.“

Sie rauchten eine Weile schweigend nebeneinander her. Es war immer noch naßkalt, und über der gesamten Innenstadt hing wie so oft der Geruch nach Holzfeuer, weil die Kamine durch die drückende Witterung nicht richtig funktionierten. Vereinzelt senkte sich rauchiger Nebel über die Straßen. Als die dritte Nebelwolke an ihnen vorbeizog, hatte Georg eine Idee.

„Sag einmal, kehrt ihr auch in der Butzengasse neun?“

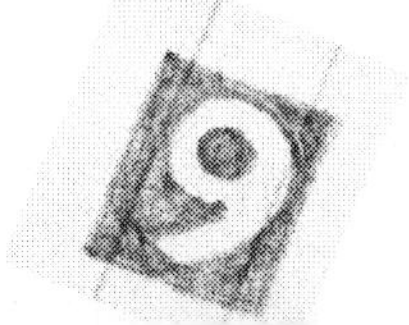

„Dem verschieferten Eckhaus?“, der Junge zog ein verrußtes Taschentuch heraus und putzte sich damit die Rotzglocke ab.

„Ganz genau.“

„Nein, seit letztem Jahr machen wir da nichts mehr.“

„Ach, warum denn nicht? Weil die jetzt Gasöfen haben?“

„Nein, der Meister sagt, daß da nicht mehr gekehrt wird, weil der Hausbesitzer nicht mehr zahlt ... Könnte ich vielleicht noch eine Zigarette haben, Herr Wachtmeister?“

„Aha, der zahlt nicht mehr“, in Gedanken versunken zog Georg die HB-Schachtel hervor und hielt sie dem Burschen hin, „dabei ist der doch ganz bestimmt nicht arm.“

„Der Meister sagt, das geht mich nix an.“

„Da schau her“, murmelte Georg und biß sich nachdenklich auf die Unterlippe.

Am nächsten Tag war der erste Banküberfall der Stadt das Tagesthema. Die Fürther Nachrichten hatten ausgiebig berichtet, aber Hacker war auf dem Foto, das den Flußbad-Ferdl zeigte, wie er in Handschellen aus dem Puff geführt wurde, nur halb am Rande noch zu sehen. Dafür war er mit Namen in dem dazugehörigen Artikel genannt worden. Alle fünf Minuten klingelte das Telefon. Entweder waren es Kollegen von anderen Polizeiwachen oder aus dem Rathaus, von der Feuerwehr oder aber auch Wildfremde, die dem alten Hasen zu seinem brillanten Erfolg gratulieren und alle Einzelheiten der Festnahme wissen wollten. Hacker kam nicht einmal dazu, sein Mittagsschläfchen zu machen, so gefragt war er. Zur Feier des Tages hatte er sich sogar eine Kiste Zigarren geleistet. Und zwar von der Marke, die auch der Bundeskanzler zu rauchen pflegte. Vor lauter Aufregung zündete er sich eine nach der anderen an, sodaß Georg und Manni kaum noch ihre Schreibtischplatten sehen konnten. Trotzdem durften die Fenster nicht geöffnet werden. Der Verkehrslärm störte Hacker beim Telefonieren, und der Luftzug war Gift für sein Rheuma.

Als ob die Telefonate nicht schon genug wären, kamen alle halbe Stunde mehr oder minder fremde Personen zur Tür herein, die den Herrn Wachvorsteher ebenfalls zum gestrigen Vorfall interviewen oder beglückwünschen wollten. Georg wimmelte einen nach dem anderen ab und wurde dabei immer rabiater. Er war gerade dabei, einen angeblichen Schulfreund von Hacker, der ihm ohne Punkt und Komma gemeinsame alte Schülerstreiche erzählte, am Schlafittchen aus der Wache zu eskortieren, als ihm einfiel, daß er ja noch unbemerkt Erkundigungen einziehen wollte. Eine halbe Stunde später, als Hacker zum Rechtsreferenten gerufen wurde, bot sich ihm endlich die Gelegenheit. Er nahm den Telefonhörer ab und wählte Giselas Nummer im Wohnungsamt.

„Wie war die Adresse?“ fragte Gisela.

„Butzengasse neun“, wiederholte Georg. Normalerweise wurde er immer etwas nervös, wenn er mit Gisela von einem Diensttelefon aus sprach, aber diesmal gab

es ja tatsächlich einen dienstlichen Grund dafür, also hielt sich seine Aufgeregtheit in Grenzen.

„Der Hausherr heißt Kellner, die Mieterin war Frau Schumm."

„Wieso war?"

„Weil sie seit gestern tot ist", klärte Georg sie auf, „ein Gasunfall, aber ich kann und will das nicht so recht glauben."

„Um Gottes Willen, denkst du etwa, daß ...?"

„Eigentlich darf ich gar nichts denken", sagte Georg, „und du hast mit mir natürlich auch nie darüber gesprochen. Aber gibt es bei euch vielleicht Unterlagen zu dem Anwesen? Hat es die Stadt eventuell sogar schon gekauft ... oder existieren Abschriften von den Mietverträgen?"

„Das kommt ganz drauf an ..." Rascheln drang an Georgs Ohr. „Weißt du denn, seit wann die Frau dort gewohnt hat?"

„Nein, nicht genau", Georg wurde unsicher, „aber sicherlich schon seit Jahrzehnten. Unser Pförtner meint, das Haus hätte früher einem Onkel der Schumm gehört, der soll Leykauf geheißen haben oder Leykam..."

„Das wird schwer", unterbrach Gisela seine Ausführungen, „aber ich gehe nachher einmal ins Archiv und schaue nach."

„Das ist sehr lieb von dir", lächelte Georg in den Hörer, „und es braucht auch keiner zu wissen, daß ich danach gefragt habe, verstehst du?"

„Eigentlich nicht, aber wenn du mich noch einmal ins Kino einlädst, könnte das meinen Gehirnzellen auf die Sprünge helfen."

„Dann hat's dir also gefallen vorgestern?", fragte

Georg und rutschte, nun doch etwas unruhig, auf seinem Stuhl herum.

„Hast du das etwa nicht gemerkt?", sie senkte keck ihre Stimme.

„Doch, ich meine ...", er spürte, wie seine Kehle trocken wurde, „... du, ich muß aufhören, da kommt jemand."

„Schon gut, ich rufe dich heute noch zurück", versprach Gisela, und es kam Georg so vor, als ob sie dabei lachte.

Nach dem Kino hatte er sie natürlich nach Hause gebracht, wie sich das für einen Kavalier gehörte. Trotz der Kälte hatten sie noch ziemlich lange vor dem Hauseingang gestanden und geschäkert. Sie war eine ziemlich Lustige, die Gisela, manchmal vielleicht sogar ein bißchen vorlaut, aber Georg mochte das an Frauen ganz gern. Außerdem waren sie ja gewissermaßen Kollegen. Gisela arbeitete im Wohnungsamt am Kohlenmarkt und Georg bei der Stadtpolizei, was ihnen die Gelegenheit gab, sich über den einen oder anderen Klatsch im Rathaus zu unterhalten. Sie hatte von ihrem Amtsleiter erzählt, dem alten Dechant, der sich ständig neue Krankheiten einbildete. Wenn das Büro ihn loswerden wollte, kochte ihm seine Vorzimmerdame Elfi einen echten Kaffee statt dem Muckefuck, den er sonst immer trank, woraufhin er mit an Sicherheit grenzender Wahrscheinlichkeit Herzrasen und Magendrücken bekam und augenblicklich zum Arzt entschwand. Georg hingegen gab

ein paar der schönsten „Gschichtn“ der Fürther Kleinganoven zum Besten, die dramatischen Fälle wollte er sich noch für spätere Situationen aufheben. Als sie sich schließlich verabschiedeten, hatte Gisela ihm einen Kuß auf den Mund gedrückt, woraufhin Georg in der Nacht nicht besonders gut geschlafen hatte. Dann war die Sache mit der armen Frau Schumm passiert, die ihn zwar momentan noch nicht um die Nachtruhe brachte, aber trotzdem stark beschäftigte. Da traf es sich umso besser, daß er jetzt sogar einen dienstlichen Grund hatte, mit Gisela in Kontakt zu treten.

Draußen wurde es schon dämmrig, Hacker war noch immer nicht zurück – wahrscheinlich hatte der Referent seinen guten Cognac aufgemacht – und Georg war gerade dabei, sich eine neue Schikane für den kleinen Manni auszudenken, als Gisela sich wieder meldete.

„Das alles dauert länger, als ich gedacht habe“, erklärte sie ihm, „die Akten zu den Aufkäufen sind beim Referenten, und die Unterlagen zur Bewirtschaftung sind nach Jahreszahlen geordnet, nicht nach Namen. Um etwas herauszufinden, brauche ich Stunden, das kann ich erst nach Feierabend machen.“

„Sehr schade“, seufzte Georg.

„Warum kommst du nicht selber rauf und schaust nach?“ schlug sie vor.

„Weil ich offiziell damit nichts zu schaffen habe … Kannst du einen Moment warten?“ Georg senkte die Stimme und rief in Mannis Richtung: „Du gehst jetzt mal raus und guckst nach, ob die Ampel auch funktioniert!“

„Aber das kann man doch auch hier vom Fenster aus sehen“, protestierte er.

„Nicht reden, folgen!“ befahl Georg autoritär, wartete, bis die Tür hinter Manni zugefallen war und wandte sich dann wieder an Gisela. „Wo war ich? Ach ja, die Kripo hat keine Lust auf eine Ermittlung und wird die Sache als Unfall gleich zu den Akten legen. Aber ich weiß ganz genau, daß Frau Schumm den Gasherd nie benutzt hat."

„Verstehe", meinte Gisela und schwieg. Auch Georg wußte nicht so recht, was er nun noch sagen sollte.

Er befürchtete schon, daß das Gespräch zu Ende sei, als Gisela überraschend nachhakte: „Aber warum willst du die Unterlagen zu der Wohnung haben? Was haben die denn mit dem Tod der alten Frau zu tun?"

„Es ist nur so eine Ahnung", sagte er, „ich kann das jetzt auch nicht richtig erklären, aber irgendwo muß ich ja mit den Ermittlungen anfangen."

„Ich merke schon, daß Sie ganz genau wissen, was Sie tun, Herr Knatterton", kicherte Gisela jetzt in den Hörer.

„Willst du mich vielleicht auf den Arm nehmen?"

„Ach wo, wie kommst du denn da drauf? ... Aber warum gehst du denn nicht in die Wohnung und suchst dort nach dem Mietvertrag? Davon wird's bei der alten Dame ganz sicher nur einen geben, und vielleicht findest du ja auch noch andere Unterlagen, oder?"

„Allmächd", Georg schlug sich mit der flachen Hand gegen die Stirn, „manchmal seh' ich den Wald vor lauter Bäumen nicht."

Nach Dienstschluß machte sich Georg noch einmal in die Butzengasse auf. Das Schloß der Wohnungstür knackte er mit einem Dietrich – was die Feuerwehr konnte, konnte er schon lange - dann machte er Licht. In der Küche baumelte in einer Fassung nur eine nackte

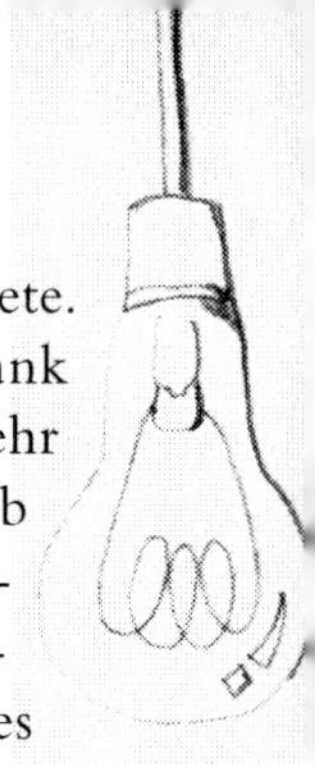

Glühbirne, die das Zimmer leidlich erleuchtete. Georg durchsuchte das Buffet, den Spülschrank und öffnete die Schublade vom Küchentisch. Mehr Möglichkeiten, um Papiere aufzubewahren, gab es hier seiner Einschätzung nach nicht. Aber alles, was Georg fand, war nur ein altes, in Sütterlinschrift selbstverfasstes Kochbuch, das in rotes Packpapier eingebunden war. Das Buffet enthielt im unteren Teil nur Geschirr, Gläser, Töpfe und Pfannen und im oberen verschiedene Lebensmittel. Im Spülschrank stieß er auf zwei Putzeimer, Bürsten, Kernseife und ein paar Bögen von dem roten Packpapier. Das Wohnzimmer, so hatte Frau Schumm Georg erzählt, hatte sie nach dem Tod ihres Mannes nie mehr benutzt. Sie konnte es sich nicht leisten, den Raum zu beheizen, und somit gab es darin auch kein elektrisches Licht. Georg knipste seine Taschenlampe an, die er immer bei sich trug. Ein altes, schweres Kanapee füllte die eine Raumseite, dazu kamen noch ein hoher Tisch und zwei Ohrensessel. Die andere Wand dominierte ein Bauernschrank, der vor geraumer Zeit mit einem maserierten, dunkelbraunen Muster übermalt worden war. Erwartungsvoll öffnete Georg eine der Schranktüren, fand aber nur alte Herrenbekleidung. Sicherlich die Garderobe von Frau Schumms Gatten, der schon vor über zehn Jahren gestorben war. Dem Stil der Sachen nach zu urteilen, hätte sein Tod allerdings auch schon zwanzig Jahre her sein können. Georg verzog das Gesicht und durchsuchte flüchtig den weiteren Schrankinhalt, stieß aber auf nichts weiter als auf eine Flasche Weinbrand, die in der unteren rechten Ecke versteckt war. Im Gegensatz zu den Anzügen war sie deutlich neueren Datums, und Georg genehmigte sich ein Schlückchen. Immerhin war es schon fast neun Uhr abends und zudem empfindlich kalt in der ungeheizten Wohnung.

Blieb als letzter zu untersuchender Raum noch das Schlafzimmer. Frau Schumm hatte in einem Bauernbett geschlafen, das für eine Person zu breit und für zwei zu schmal zu sein schien. Auch das Bettgestell war in der gleichen Art überstrichen worden wie der Schrank im Wohnzimmer. Es gab kein Deckenlicht, nur eine Kerze auf dem Nachttisch, die Georg anzündete.

Die hinteren Winkel des Zimmers erhellte er mit dem Lichtstrahl seiner Taschenlampe. Neben dem Bett hingen ein paar Fotos an der Wand. Sie zeigten wahrscheinlich Bauersleute aus dem letzten Jahrhundert, auf jeden Fall aber aus der Zeit vor dem Krieg. Einen mittelalten Mann mit großen Ohren und ebenso riesigem Schnauzbart hielt Georg für den verstorbenen Herrn Schumm, während ein jüngerer Mann, der schneidig unter einer Dienstmütze der Wehrmacht hervor in die Kamera lächelte, das „Fritzla" sein mußte, Frau Schumms einziger Sohn, der nicht mehr von der Ostfront zurückgekehrt war. Georg lief es kalt den Rücken hinunter. Der Mann auf dem Bild mochte etwa in seinem Alter sein. Beim Gedanken an einen eiskalten Winter in Rußland fand Georg die halbe Stunde, die er pro Tag an der Billinganlage zu frieren hatte, doch nicht mehr so schlimm. Er selbst war 1941 geboren und konnte sich an die Kriegsjahre nicht erinnern. Die Zeit danach hatte er als Kind nicht als so wild empfunden, wie viele immer taten, wobei die Bauern in Poppenreuth auch weder hungern noch frieren mußten. Ganz im Gegenteil: Seine Eltern hatten in der Zeit prächtige Geschäfte gemacht. Noch heute war die Rumpelkammer voll mit Silberbesteck, Damasttischtüchern, Bildern und anderem Zeug, das sich nicht gewinnbringend zu Geld hatte machen lassen.

Im Schlafzimmer von Frau Schumm entdeckte Georg noch einen weiteren Kleiderschrank , der seinem Aussehen nach nur etwa dreißig Jahre auf dem Buckel hatte. In ihm befanden sich Kleider und Wäsche, und Georg ersparte sich lieber eine genauere Durchsuchung. Zum Schrank passend gab es eine Spiegelkommode, hinter deren Türen sich Bettwäsche und in den Schubladen Wolle und Strickzeug, Garn und Stopfnadeln verbargen. Auf der Kommode stand eine Schüssel aus Email und eine dazugehörige Kanne. In alten Häusern wie diesem gab es noch immer keine Bäder.

Georg seufzte und sah sich noch einmal in dem schwach beleuchteten Zimmer um. Irgendwo in dieser Wohnung mußte es doch zumindest einen Ordner oder etwas in der Art geben. Schließlich hatte wirklich jeder Haushalt verschiedene wichtige Dokumente, die es aufzubewahren und wiederzufinden galt: Geburts- und Heiratsurkunden, Zeugnisse, Rentenversicherungsnachweise, Rechnungen, Sparbücher und so weiter. Wo hatte die alte Schumm das alles bloß versteckt?

Georg sank auf die Knie und leuchtete mit der Taschenlampe unter das Bett, wo er aber außer Mäusedreck nichts entdeckte. Als er sich wieder aufrappelte, fiel sein Blick nach oben an die Wand. Über dem Bett gab es eine Art Aufbau, wohl um zusätzlichen Stauraum zu schaffen, der von ockergelben Vorhängen verdeckt wurde. Georg holte einen Stuhl aus der Küche, stieg darauf und schob den Stoff zur Seite. In der rechten Hälfte des Aufbaus hatte Frau Schumm zusätzliches Bettzeug aufbewahrt. Dicke Daunendecken und Kissen türmten sich aufeinander, und es roch so verstaubt, daß Georg mehrmals heftig niesen mußte. Links stapelten sich ein paar alte, große Koffer sowie Hut- und Pappschachteln. Er zog die oberen beiden Kartons heraus, was ihm abermals zwei Nieser bescherte, dann warf er die Behälter auf das Bett und leuchtete noch einmal in die Tiefe des Stauraums hinein. Endlich hatte er Glück! In der hintersten linken Ecke blitzen die Metallverstärkungen der Eingrifflöcher von zwei Aktenordnern im hellen Lichtkegel der Taschenlampe auf.

„Na, wer sagt's denn", Georg konnte sich ein Lächeln kaum verkneifen und spürte gleichzeitig, wie sich seine Nackenhaare vor Spannung aufstellten. Einer inneren Eingebung folgend, zog Georg seine Handschuhe an, die in den Manteltaschen steckten, bevor er die Ordner herauszog. Ebenso wie das Kochbuch waren ihre Rücken in Sütterlin beschriftet, so daß Georg nicht auf Anhieb erkennen konnte, was sich in den Ordnern befinden sollte. Behutsam legte er die Fundstücke auf dem Bett ab. Als er die Hutschachteln wieder an Ort und Stelle verstauen wollte, fiel ihm auf, daß die Staubschicht auf der Oberfläche verwischt worden war.

Vorsichtig trug er die Ordner in die Küche und plazierte sie auf dem großen Tisch. Doch bevor er sich daran machte, ihren Inhalt zu untersuchen, genehmigte er sich schnell noch einen Schluck aus der Weinbrandflasche im Wohnzimmer. Die beiden Ordner waren säuberlich durch in Sütterlin beschriebene Registerblätter unterteilt worden. Auf einem der Blätter glaubte Georg, das Wort „Mietkontrakt“ entziffern zu können. Hastig schlug er die Stelle auf, fand sie aber leer vor. Hektisch durchsuchte er die angrenzenden Registerteile, wo sich aber auch nichts finden ließ. Daraufhin schlug er nochmals das Register „Mietkontrakt“ auf. Es kam ihm etwas komisch vor, daß man ein Register anlegte, in dem sich dann nichts befand. Er leuchtete mit der Lampe auf die Innenseite des Ordnerrückens, zwischen die aufgeschlagenen Papiere und fand tatsächlich zwei kleine Schnipsel. Es waren winzige Dreiecke, wie sie manchmal abfallen, wenn man ein Blatt hatsig aus einem Ordner reißt. Georg sah sich in der Küche um und dachte nach. Schließlich schlug er den Ordner vorsichtig in das rote Packpapier ein und nahm ihn mit. Erst beim Gehen fiel ihm auf, daß er den Schürhaken in der Küche gar nicht mehr gesehen hatte.

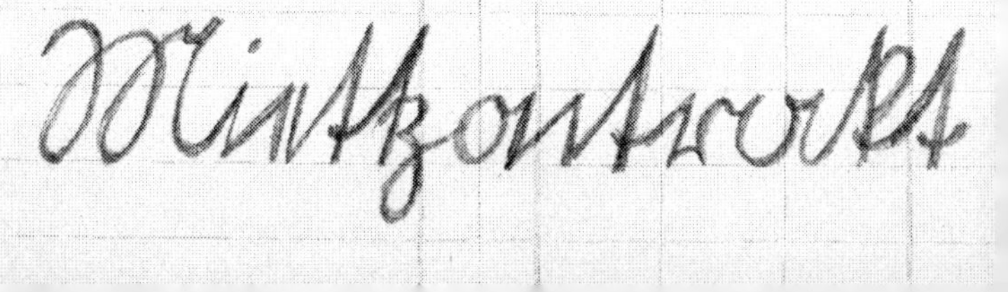

Kanzlerbesuch

Am Samstag waren fast alle Fürther Polizisten für den Besuch des Bundeskanzlers abkommandiert worden.

Erst standen Georg und seine Kollegen vor Kälte schlotternd drei Stunden vor dem Bahnhof Spalier, bis der Sonderzug endlich eintraf, dann fuhr Erhard in die Breitscheidstraße, um mit dem Oberbürgermeister, dem Bürgermeister, dem Alt-Oberbürgermeister und etlichen anderen Honoratioren Karpfen zu essen. Währenddessen mußten die Fürther Beamten die Gegend um die Breitscheid-, Friedrich- und Schwabacher Straße absperren und den Verkehr umleiten. Dieselbe Prozedur wiederholte sich am frühen Nachmittag um die Gustavstraße herum, in der der Kanzler ein paar Einkäufe zu erledigen hatte. Ursprünglich war Georg richtig stolz gewesen, als ausgerechnet ein Fürther Bundeskanzler wurde, doch an diesem Tag wünschte er sich aus tiefstem Herzen, das Amt hätte ein anderer bekommen. Seine Diensthandschuhe waren viel zu dünn, wenn man die Hände nicht ab und zu in den Manteltaschen versenken konnte. Seine Füße waren auch schon zu Eiszapfen gefroren. Georg sehnte sich nach einem heißen Kaffee und einer Zigarette.

Als sie am späten Nachmittag endlich abgelöst wurden, verspürte er wenig Lust, die dienstfreie Zeit in der

Rathauswache zu beginnen, und flüchtete sich mit dem ebenfalls frierenden Manni im Schlepptau ins Café Fürst, wo er auf verschiedene Kollegen traf, unter ihnen auch Rimmel und Schuster. Sie saßen an einem Tisch hinten links auf plüschigen, roten Bänken und halfen mit, die angesehene Adresse mit dem Rauch billiger Zigarren einzunebeln.

Gemeinsam tranken sie Kaffee mit Cognac und plauderten über den Kanzlerbesuch, die Überstunden, die sie wahrscheinlich nie wieder los werden würden, und natürlich über den gestrigen Banküberfall.

„Da hat der alte Hacker aber mal wirklich Glück gehabt", stellte Rimmel fest, dessen Nase sich schon, oder besser gesagt wieder, rot zu verfärben begann. „Wenn das einer von unseren Stammkunden gewesen wäre, wären wir in der Zeitung, nä?"

„Unsere trauen sich halt erst gar nicht, so ein Ding zu drehen", erwiderte Schuster. „Wie man sie sich zieht, so hat man's …"

„Und warum sitzen wir dann nicht beim Rechtsreferenten und trinken Hennessy?" beschwerte sich Rimmel.

„Jetzt habt euch mal nicht so. Immerhin dürft ihr dafür Auto fahren", gab Georg zu bedenken.

„Ich will auch mal in die Zeitung", meldete sich jetzt auch Manni zu Wort, der das Kinn in die Rechte gestützt hatte und verträumt in den dunstigen Zigarrenqualm blickte.

„Immer langsam mit den

jungen Hunden", lachte Rimmel, während sich Schuster an seinem Cognac-Kaffee verschluckte, „schau erst einmal zu, daß dir ein ordentlicher Bart wächst!"

„Nächste Woche kannst du schon mal in der Gartenkolonie hinter der Siebenbogenbrücke üben, wie man Einbrecher fängt", lachte Georg und schlug Manni freundschaftlich auf den Rücken, so daß diesem kurzfristig die Luft wegblieb.

„Was? Gartenkolonie? Aber wieso?" Mannis sonst so selbstbewußte Stimme hatte einen ängstlichen Ton angenommen.

„Du meinst sicher die Gartenhäusli?", fragte Schuster Georg, nachdem er ausgehustet hatte.

„Was soll denn damit sein?" Manni war ziemlich bleich um die Nase geworden.

„Seit ein paar Monaten wird da immer wieder eingebrochen", erklärte Georg, „und wenn das ganze G'wärch mit dem Erhard endlich vorbei ist, dann werden sich ein paar junge Kollegen dort wohl mal ein paar Nächte um die Ohren schlagen und sich auf die Lauer legen müssen!"

„Aber das meinst du doch jetzt nicht ernst, oder?" Manni schluckte schwer.

„Und ob", schaltete sich Rimmel nun begeistert ein, „wir haben da auch noch so einen Stift auf der Hauptwache, der wird dir dabei helfen ... Der ist sogar noch jünger als du, wenn ich mich nicht irre."

„Klasse!", die Vorstellung, endlich mal was zu sagen zu haben, zauberte Manni ein Strahlen auf's Gesicht, „dann bin ja ich der Chef!"

„Ja, ja, ist schon recht", lachte Rimmel, „aber wenn die von der Stadt erst einmal damit anfangen, den Gänsberg abzureißen, habt ihr ja sowieso fast nichts mehr zu tun. Dann werden schon noch mehr so Leckerli für euch abfallen, nä.“

„Sind die mit den Abrißplänen denn wirklich schon so weit?“, fragte Georg besorgt nach.

„Nun ja, was ich gehört habe, soll alles fertig sein“, Rimmel lehnte sich zurück und verschränkte die Arme über seinem Schäufelesfriedhof. „Und jetzt sind wir ja auch kein schwarzer Kreis mehr. Kannst ja mal im Wohnungsamt nachfragen, schließlich sollst du ja zu dem seit der Kärwa ganz gute Kontakte haben …“

„Das hätte aber auch wirklich noch bis Montag Zeit gehabt“, sagte Georg, während er sich verstohlen auf dem Gang umsah.

„Aber morgen ist hier wieder Dienstbetrieb, und ich kann nicht einfach so die Pläne anschauen“, konterte Gisela, als sie die Bürotür aufschloß.

„Schon gut, du hast ja recht“, Georg lächelte verlegen und sah zu, daß er hinter ihr in den Raum schlüpfte.

„Außerdem ist es ja nicht verboten, am Sonntag zu arbeiten, oder?“, Gisela hing ihren Mantel auf und legte die Handtasche auf einem der Schreibtische ab.

„Auch das stimmt. Leider!“ seufzte Georg.

Nach dem Irrsinn des Kanzlerbesuchs hatte er allerdings zur Abwechslung tatsächlich heute dienstfrei. Viele Fürther Polizisten mußten zumindest an diesem Sonntag nicht arbeiten, und Georg hatte die Gelegenheit genutzt, um sich nachmittags mit Gisela zu treffen. Gemeinsam waren sie ein wenig durch den Stadtpark geschlendert, der aber den tristen

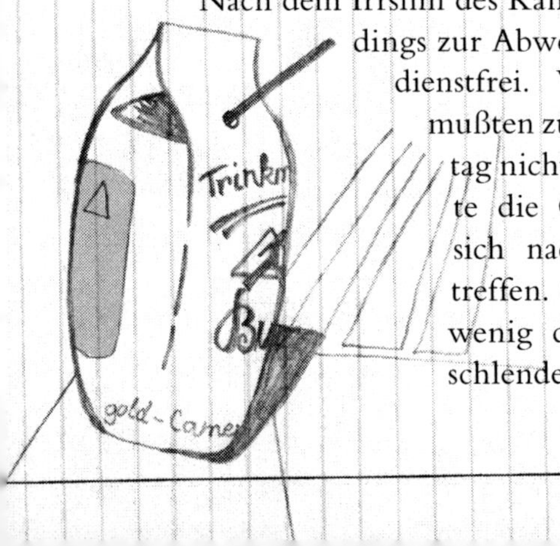

Novembertag auch nicht schöner machen konnte als er war, und hatten anschließend einen der raren Tische in der Milchgaststätte ergattern können. Gisela wollte unbedingt über den neusten Stand im Fall Schumm informiert werden, und Georg hatte ihr nicht nur von seinem erst zwei Tage alten Verdacht erzählt, sondern auch, daß für die weitere Arbeit ein Blick in die Unterlagen für das Sanierungsgebiet am Gänsberg mit Sicherheit mehr als hilfreich sein würde.

„Na, dann schauen wir doch einfach gleich mal nach“, hatte sie gerufen und war aufgesprungen, ohne den von ihm spendierten Kakao mit Sahne ganz auszutrinken.

Unbemerkt hatten sie das Amtshaus am Kohlenmarkt erreicht und sich Zutritt verschafft. Die ganze Stadt schien nach dem Besuch von Ludwig Erhard im Delirium zu liegen. Vermutlich hatten auch ein paar Kleinganoven extra für diesen Tag schon größere Streiche geplant gehabt, aber die waren nun sicher vom Schicksal ihres Kollegen Ferdl so schockiert, daß sie womöglich auch nur spazieren gingen und Kakao tranken.

Es war schon relativ dunkel, doch in die oberen Stockwerke schien noch deutlich mehr Tageslicht durch die Fenster hinein als zur selben Zeit in Georgs Polizeiwache im Rathaus-Erdgeschoß. Gisela öffnete zwei Schranktüren und suchte die passenden Pläne und Akten heraus. Um sie genauer studieren zu können, brauchten sie dann aber doch zumindest eine Schreibtischlampe.

„So, die rot schraffierte Gegend hier ist das direkte Sanierungsgebiet“, erklärte Gisela, „da bleibt kein Stein mehr auf dem anderen. Auch die Straßen, wie sie jetzt sind, werden verschwinden. Da wird ein ganz neues Viertel entstehen.“

„Wird ja auch langsam Zeit“, erwiderte Georg, dem die allwöchentlichen Kneipeneinsätze schon lange auf die Nerven gingen.

„Na ja, aber in zehn, zwanzig Jahren wird sich niemand mehr vorstellen können, wie es früher mal dort ausgesehen hat“, gab Gisela zu bedenken.

„Ich nehme an, das ist der Sinn der Sache.“ Georg konnte kein Mitleid für die zum Abriß freigegebenen, verfallenen, schieferverkleideten Häuser aufbringen.

„Natürlich ist das schon ein gescheiter Verhau", gab sie etwas nach, „aber man könnte doch wenigstens ein paar der Gebäude stehenlassen und wieder herrichten."

„Und was sollte das bringen?", Georg konnte Giselas Gedanken nicht nachvollziehen. „Sieht doch dann komisch aus."

„Aber in dreißig Jahren könntest du dann mit deinen Enkeln da durchgehen und sagen: ‚Schaut Kinder, so hat's hier früher ausgesehen. Und hier hat euer Opa immer die Zechpreller am Hosenbein rausgezogen.'"

Georg hätte durchaus Lust gehabt, das Thema Enkel beziehungsweise Kinder mit Gisela noch näher und detailreicher zu erörtern, konnte aber nicht ganz den Grund vergessen, deswegen sie sich eigentlich hier befanden.

„Und was ist jetzt mit der Butzengasse?", kam er auf sein dienstliches Anliegen zurück.

„Die ist mitten im Sanierungsgebiet ...", Gisela ging zum Schrank und durchsuchte ihn erneut.

„Wir haben prüfen lassen, welche Häuser in der Gegend so marode sind, daß sich eine Sanierung nicht mehr lohnt, und das sind eigentlich alle", sie breitete einen anderen Plan aus und fuhr die Straßenzüge mit einem Lineal ab, „... wie auch die Butzengasse Nummer neun, voilà!"

„Zeig mal her!", Georg stürzte sich auf den Plan und rückte die Lampe zurecht.

„Hier, die braun schraffierten Grundstücke sind in den Sanierungsplan miteinbezogen", erklärte Gisela. „Braun bedeutet, daß sie aufzukaufen sind. Sie werden abgerissen, sobald ..."

„Ich verstehe ... Sobald niemand mehr drin wohnt", fiel ihr Georg ins Wort.

„Du meinst doch nicht etwa …?“, bei der Vorstellung brachte Gisela kein Wort mehr heraus.

„Ich weiß nicht. Andere Mieter des Hauses sind gekündigt worden“, erklärte Georg. „Warum haben Sie die alte Schumm also nicht auch rausgeworfen? Gisela, wohin …?“

Doch Gisela stöberte bereits im Büro des Amtsleiters Dechant vorsichtig in den Papieren, die den großen Schreibtisch und die dahinter stehenden Regale bedeckten.

„Gerade wird täglich mit verschiedenen Hausbesitzern wegen der Verkäufe verhandelt“, sagte sie. „Zum Teil gibt es schon Verträge oder zumindest Notizen zu den Verkaufsverhandlungen.“

Die Kriminalpolizei war im Gebäude der Hauptwache in der Nürnberger Straße untergebracht. Auch hier hatten sie eine Stenorette. Der alte Hörlein spielte mißmutig daran herum während sein Kollege Bratsch sich am Spiegel über dem Waschbecken in der Ecke Pomade in die Haare träufelte.

„Haben wir das nicht schon letzte Woche besprochen?“, fragte Hörlein, als er sich Georgs neue Erkenntnisse zum Tod der alten Schumm angehört hatte.

„Ja, natürlich“, antwortete Georg, „aber Sie müssen doch zugeben, daß diese neuen Indizien ausreichen, um zumindest Er-

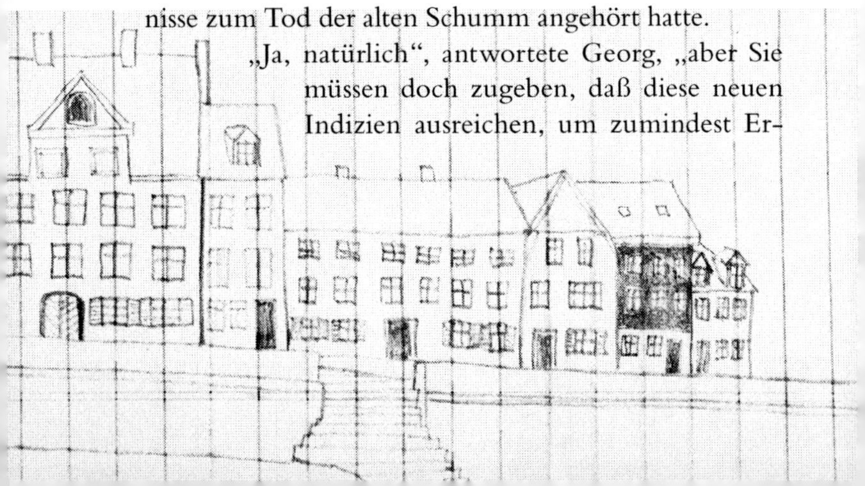

mittlungen in diesem Fall aufzunehmen."

„Was für Indizien?", meldete sich Bratsch aus der Ecke. „Woher sollen wir denn wissen, ob du dir das alles nicht zusammengesponnen hast?", mittlerweile war er mit einem Parfumfläschchen beschäftigt.

„Ich hatte gestern leider keine Gelegenheit, die Unterlagen zu photographieren", konterte Georg ironisch.

„Jetzt wird er auch noch frech", fauchte Bratsch während Hörlein der Stenorette merkwürdige Quietschgeräusche entlockte.

„Ich hätte gute Lust, deinen Chef anzurufen, damit er dir mal erklärt, wer in dieser Stadt für was zuständig ist. Wenn du glaubst, daß du hier so einfach mal Kriminaler spielen kannst ..."

„Sie halten jetzt auch einmal die Luft an", unterbrach Hörlein seinen Kollegen. „Und dann seinen Sie so scheißfreundlich und nehmen dieses Gerät hier und bringen es zum Hausmeister, muß irgendwie kaputt gegangen sein!"

Er drückte dem Jüngeren die Stenorette in die Hand, schob ihn aus dem Büro und schloß die Tür. Dann setzte er sich wieder und musterte Georg eine Zeitlang. Er zündete sich eine seiner krummen Zigarren an und brummte: „Wenn solche Kerle hier einmal das Sagen kriegen, dann gute Nacht, Bruder!"

„Ich verstehe nicht ganz", meldete sich Georg.

„Das werden Sie schon noch", erwiderte der Alte. „Also aufgemerkt: wenn Sie hier schon unsere Arbeit machen wollen, dann machen Sie sie bitte richtig und bringen uns auch die zwingenden Beweise!"

„Aber wie soll ich das denn machen, wenn ich formal gar nicht ermitteln darf?" fragte Georg hilflos.

„Entweder ganz oder gar nicht", Hörlein fummelte an seinen Zähnen herum, die offenbar schon der dritten Generation angehörten. „Bisher waren Sie doch auch um keinen Einfall verlegen!"

Geheimgänge

„Ja, bist du denn von allen guten Geistern verlassen?", explodierte Max Hacker lauthals, als Georg ihn am nächsten Tag mit einer ungewöhnlichen Idee konfrontierte.

„Aber das ist deine Chance ...", begann Georg nochmals.

„Mord und Totschlag", stöhnte Hacker. „Das ist die Sache der Kripo. Hast wohl zu oft krank gemacht auf der Polizeischule, daß du mir jetzt mit so etwas kommst!"

„Aber an wen soll ich mich denn sonst wenden?", hilflos hob Georg die Arme. „Die zwei Kripo-Nullen wollen mit der alten Frau Schumm keine Arbeit haben. Dabei war es von Anfang an mehr als klar, daß die nicht einfach nur das Gas hat brennen lassen. Also: Sind wir jetzt Polizisten oder nicht, Hacker?"

„Polizisten, ja", stimmte Hacker ihm widerwillig zu, „aber doch keine Schauspieler!"

„Ich würde es ja selbst gern allein in die Hand nehmen", beschwichtigte Georg, „aber ich bin nun mal zu jung. Ich gehe doch bei niemandem als Leiter des Wohnungsamtes durch."

„Ist dir eigentlich klar, gegen wie viele Vorschriften wir damit verstoßen?"

„Einen alten Helden, wie du einer bist, sollte so etwas doch nicht abschrecken", Georg setzte sich Hacker gegenüber. Er konnte spüren, wie dessen Widerstand langsam zusammenschmolz. „Immerhin hast du erst vor zwei Tagen maßgeblich zur schnellen Festnahme vom Flußbad-Ferdl beigetragen ..."

„... und bin mit der Leistung nur ganz am Rand auf dem Bild in der Zeitung zu sehen!"

„Eben. Aber wenn wir das jetzt schaffen, dann kommst du bestimmt in die Mitte vom Bild. Vielleicht machen die sogar eine Portraitaufnahme!"

„Meinst du?"

„Ganz sicher!"

„Kann aber genauso gut sein, daß ich mit einer Dienstaufsichtsbeschwerde wegen Amtsanmaßung abgestraft werde."

„Jetzt komm schon, Hacker", Georgs Stimme wurde weich wie Samt, „wir sind hier in Fürth ..."

„Na gut, leben und leben lassen", seufzte Hacker und machte sich ein Bier auf.

Zwei Tage später litt der Leiter des Wohnungsamtes nach seinem Kaffee an starkem Sodbrennen. Auf der Stelle fürchtete er um sein Magengeschwür, legte die Arbeit nieder und beauftragte seine Vorzimmerdame, für ihn umgehend einen Termin bei seinem Internisten zu vereinbaren. Es war schon nach fünfzehn Uhr und somit nicht damit zu rechnen, daß Dechant am selben Tag noch einmal ins Büro zurückkehren würde. Daher fanden Herr und Frau Kellner am selben Nachmittag auch nicht den echten Amtsleiter, sondern einen etwas merkwürdig gekleideten Hacker vor, als sie – noch immer völlig aufgeregt – in Dechants Büro eintrafen. Kurz nach Dienstbeginn war ihnen von einer freundlichen, jungen Dame am Telefon mitgeteilt worden, daß es offenbar zu einem Fehler in der Planung für das Sanierungsgebiet Gänsberg gekommen war, und der Herr Amtsleiter sie in dieser Angelegenheit dringend zu sprechen wünschte. Und zwar persönlich.

Statt einfach das Hemd und die Krawatte, die Polizisten unter dem Uniformrock trugen, anzubehalten und sich ein ziviles Jackett überzuziehen, hatte Hacker aus einem schwer zu erklärenden Ehrgeiz heraus seine gesamte Garderobe gewechselt. Sein gestreifter Anzug aus dicker Schurwolle war irgendwann vor dem Krieg mal modern gewesen, und die Knöpfe der Jacke ließen sich über Hackers hohem Magen nicht mehr schließen. Dazu hatte sich der Wachvorsteher eine dünne Fliege umgebunden und zu allem Überfluß aus irgendeiner Mottenkiste auch noch weiße Handschuhe und einen echten Zylinder gezogen, der nun, als stilvolles Zeichen seiner amtlichen Autorität, zu seiner Rechten auf der Schreibtischplatte stationiert war.

Bei Hackers Anblick war Georg fast das Herz in die Hose gerutscht, und er hatte ernsthaft darüber

nachgedacht, das ganze Unternehmen in letzter Minute noch abzublasen. Doch Elfi, ihres Zeichens Vorzimmerdame und gute Freundin von Gisela, hatte nur gelacht und anerkennend gemeint, daß Hacker dem leibhaftigen Amtsleiter in diesem Aufzug doch erschreckend nahe käme. Die Sekretärin war in den Plan eingeweiht worden und hatte sich schnell dazu bereit erklärt, den alten Dechant erst mit einem echten Kaffee zu versorgen und anschließend für Hacker weiter ihre Sekretärinnenrolle zu spielen. Georg war sich zunächst auch ihretwegen unsicher über den Erfolg seines Plans gewesen. Elfi hatte sich scheinbar überhaupt nicht mehr beruhigen können und ohne Unterlass mit feuerrotem Gesicht hysterisch gekichert. Doch in dem Moment, als Herr und Frau Kellner das Vorzimmer betreten hatten, war ihr nicht mehr das Geringste anzumerken.

„Ja, Herr, äh, Kellner und gnädige Frau“, Hackers Stimme tönte blechern, aber gut verständlich aus der Gegensprechanlage, um die sich Georg, Gisela und Elfi drängten. „Das ist jetzt alles ein wenig peinlich, daher war es mir auch ein wichtiges Anliegen, persönlich mit Ihnen darüber zu sprechen. Aber wir haben in der letzten Woche leider feststellen müssen, daß es bei einigen Grundstücken zu einem … Ding, äh, Versehen in der Sanierungsplanung am Gänsberg gekommen ist.“

„Und was dürfen wir uns darunter vorstellen?“, drang Frau Kellners energische Stimme aus dem kleinen Lautsprecher.

„Nun, es gibt da leider einige statische Probleme an bestimmten Stellen des Gebiets“, erklärte Hacker, und man konnte fast hören, wie seine Spickzettel raschelten. „Dort wurden vor zwei- bis dreihundert Jahren Keller und Gänge angelegt, die an einigen Stellen so, äähh, … groß sind, daß der Boden kaum noch trägt und …"

„Aber unter unserem Haus sind keine Keller", meldete sich nun auch der Ehegatte mit zurückhaltender Stimme zu Wort.

„Ja, das glauben Sie", erwiderte Hacker, und wieder knisterte es verdächtig im Hintergrund.

„Allmächd, ich habe ihm doch gesagt, daß er sich die Notizen auf einem richtigen Blatt machen soll. Das hätte er einfach in die Akte legen können", Georg konnte die Panik nicht mehr unterdrücken, die sich in ihm immer breiter machte, „wäre überhaupt nicht aufgefallen. Aber nein, was ist? Er muß es genauso machen wie früher in der Schule! Und damals ist er wahrscheinlich dauernd erwischt worden."

„…, aber das bei Ihnen ist so ein ganz geheimer Geheimgang, der am jüdischen Friedhof beginnt und sich fast bis zum Stadttheater zieht … Da haben die früher die Leichen direkt, ähm, …"

„Was redet der da eigentlich?", Giselas Augen wurden immer größer.

„Wahrscheinlich kann er den richtigen Zettel nicht finden und denkt sich jetzt was aus?", Elfi war die einzige der Anwesenden, die sich bestens zu amüsieren schien.

„Ich kenne mich mit denen ihren Sitten ja auch nicht so aus", erklärte nun Hacker, „jedenfalls führt dieser Gang direkt unter Ihrem Haus durch und kommt dort so nah an die Oberfläche, daß dort alles, na ja, also, es ist nicht alles so stabil, wie es sein sollte, wissen Sie?"

„Na, aber in diesem Fall wird es doch erst recht

höchste Zeit, daß es schnellstmöglich abgerissen wird", sagte Frau Kellner entschlossen.

„Eigentlich haben Sie ja recht", druckste Hacker herum, „aber da ist alles, also, ähh, der ganze Boden ist da so dünn, daß wir so schnell keinen Neubau genehmigen können. Das sagen jedenfalls unsere Gutachter …"

„Was?"

„Na ja, und ob man das Haus so ohne Weiteres abreißen kann, ist auch nicht mehr gesagt", fuhr Hacker, jetzt wieder etwas sicherer, fort. „Weil, das wäre ja auch total gefährlich für die Arbeiter und die Geräte und … die Bagger und das alles."

„Aber wir haben doch schon …", wurde Frau Kellners Stimme vernehmlich.

„Sie will damit sagen, wir waren uns mit der Stadt doch schon handelseinig", fiel ihr Gatte ihr ins Wort.

„Ja, das wissen wir natürlich, und das tut uns auch aufrichtig leid", beschwichtigte Hacker das aufgewühlte Ehepaar, „wir werden uns auch bestimmt bemühen, eine Lösung zu finden …"

„Warum schütten Sie den Gang denn nicht einfach zu?" Frau Kellner klang jetzt unüberhörbar hysterisch.

„Ja, äh, das wäre durchaus eine Möglichkeit …", stotterte Hacker, von ihr aus seinem ohnehin wackeligen Konzept gebracht.

„Um Gottes Willen", Georg sah seinen grandiosen Plan schon den Bach hinuntergehen.

Doch dann fing sich Hacker in letzter Sekunde, und man hörte ihn mit autoritärer Polizistenstimme weitersprechen: „Aber das müßten dann schon die alten Besitzer bezahlen, und ich kann Ihnen aus eigener Erfahrung verraten, daß so etwas nicht gerade billig wird.

Weil, den muß man dann schon füllen mit diesem Dings, äh ..."

„Beton?", half Herr Kellner aus.

„Genau, mindestens", Hackers Ton war noch immer selbstbewußt, „und das kann die Stadt nicht auch noch bezahlen. Dringender als ein neues Viertel brauchen wir nämlich mehr Polizisten, wissen Sie, und auch neue Polizeifahrzeuge und Ampelanlagen. Das kostet doch alles ein Geld."

„Sie sagen es", rief Frau Kellner aufgebracht, „aber trotzdem lassen wir uns das nicht so einfach gefallen, gell, Gerhard?"

„Ach, Babette", seufzte Herr Kellner, doch seine Frau war kaum noch zu bremsen.

„Da haben wir endlich mal die Möglichkeit, mit dem Haus Geld zu verdienen, und dann heißt's, die Stadt kauft es nicht, weil es im Boden versinkt? Haben Sie eine Ahnung davon, was das für eine Plage war, bis wir den ganzen Mietern endlich gekündigt hatten? Die letzten werden wir erst im kommenden Frühjahr los!"

„Babette!", Herrn Kellners Stimme wurde panisch.

„Na, aber dann ist doch alles wunderbar", übertönte Hacker die aufgeregte Frau, „dann können Sie ja jetzt neue Mieter reinholen und höhere Mieten verlangen. Immerhin sind wir kein schwarzer Kreis mehr."

„Ja, aber was glauben Sie denn, wer freiwillig in so eine Ruine ziehen will?" fragte Frau Kellner scharf. „Da kriegen wir doch nur noch die letzte Bagage rein. Jeder, der halbwegs was auf sich hält, will doch eine Neubauwohnung! Und in ein paar Jahren stehen überall am Gänsberg schöne neue Häuser mit Bädern und Klos und fließend warmem Wasser und Zentralheizung, bloß wir sitzen noch auf diesem Müllhaufen!"

„Aber wir leiden doch immer noch unter Wohnungsnot", warf Hacker ein und machte eine Kunstpause. Er schnaufte einmal tief durch und ließ irgendwelche Blätter rascheln, bevor er zum alles entscheidenden Schlag ausholte. „Und mit dem plötzlichen Tod von der alten Frau Schumm haben Sie ja auch ziemlich Glück gehabt, wenn ich das so sagen darf."

„Wie meinen Sie das denn jetzt?", Frau Kellners Stimme drohte, sich zu überschlagen.

„Die hat doch noch so einen alten Mietvertrag vom Vorbesitzer gehabt, Ihrem Großvater, der das Haus auf Leibrente gekauft hat, nicht wahr, gnädige Frau?"

„Ja", seufzte Frau Kellner, „mütterlicherseits."

„Muß ein wirklich anständiger Mensch gewesen sein", fuhr Hacker fort, „jedenfalls hat Ihr Großvater das Haus von einem Onkel der Frau Schumm gekauft, und der hat es kurz vorher auf seine Nichte schreiben lassen, damit die die Leibrente kriegt und lebenslang da wohnen kann. So etwas gibt's ja heute gar nicht mehr."

„Und woher wissen Sie das alles?", fragte nun Herr Kellner.

„Ach, Sie hatten keine Ahnung, daß solche Dinge im Grundbuchamt vermerkt sind?" Hacker tat glaubwürdig überrascht.

„Nein, das wußten wir nicht.“ Herr Kellner war baff.

„Ist aber so“, stellte Hacker fest, „sofern die Akten den Krieg überstanden haben. Aber zum Glück hatten wir ja nicht so viele Bombenschäden in Fürth, gell!“

„Das war jetzt aber knapp, aber immerhin hat er´s noch hingekriegt“, Gisela betupfte ihr Gesicht mit einem Taschentuch.

„Schnell, jetzt bist du dran“, forderte Georg Elfi auf, woraufhin diese die rote Taste der Gegensprechanlage drückte. „Herr Dechant, Entschuldigung, aber es ist dringend. Der Herr Bürgermeister wünscht, Sie zu sprechen. Sofort!“

„Ich komme“, rief Hacker erleichtert, wobei er die falsche Taste drückte, so daß seine Stimme nur gedämpft durch die geschlossene Tür zu hören war.

„Ich habe doch gleich gewußt, daß wir damit noch Probleme kriegen“, jammerte Herr Kellner.

„Dann hättest du der Alten wohl lieber noch zehn Jahre lang Leibrente bezahlt, was?“ erwiderte seine Frau giftig.

„Nein, natürlich nicht, aber immerhin war es dein Großvater, der damals dem Onkel von der Schumm das Haus gegen Leibrente für seine Nichte abgekauft hat.“

„Ja, aber das hilft uns jetzt auch nicht weiter“, beschied Frau Kellner, „der Opa ist tot, wir haben den Misthaufen geerbt und müssen jetzt schauen, wo wir bleiben.“

„Warum mußtest du auch gleich zuschlagen?“ seufzte er. „Und dann noch das Gas, die Arme. Vielleicht hätten wir sie mit ein bißchen mehr Geduld doch noch dazu gekriegt, daß …“

„Ja, ja, schon gut. Jetzt bin ich wieder schuld", keifte Frau Kellner, „dabei hast du immer geschimpft, die Alte müßte man um die Ecke bringen! Großes Mundwerk, aber wenn's drauf ankommt, nichts dahinter!"

„Jedenfalls werden wir uns das hier nicht so einfach gefallen lassen", versuchte er, entschlossen zu wirken. „Morgen früh gehe ich gleich zu einem Rechtsanwalt!"

„Ja, freilich machst du das, damit wir noch mehr Geld verlieren", wetterte sie.

„Warum haben wir bloß nicht daran gedacht, daß so ein lebenslanges Wohnrecht im Grundbuch steht?" Man hörte ihn sich aus dem Stuhl erheben und unruhig im Büro herumlaufen.

„Das spielt doch jetzt auch keine Rolle mehr", sagte sie.

„Glaubst du wirklich?" rief er. „Und was ist, wenn dieser Amtmann mit der Akte zur Polizei läuft und die Verdacht schöpfen?"

„Warum sollte er das tun? Und selbst wenn, du hast doch gehört, daß sich die Kripo für die Alte keinen feuchten Dreck interessiert hat." Frau Kellner schien sich der durchaus logischen Frage nicht weiter widmen zu wollen.

„Trotzdem gefällt mir das alles ganz und gar nicht", stellte er fest.

„Jetzt beruhige dich mal, Gerhard. Die können uns überhaupt nichts nachweisen", Frau Kellners Ton wurde erbarmungslos. „Natürlich hatte sie lebenslanges Wohnrecht. Aber auch das längste Leben geht eben einmal zu Ende, und in ihrem Fall mit fünfundsiebzig."

„Dein Wort in Gottes Ohr!"

„Wir sollten uns lieber fragen, was wir in dieser komischen Tunnelsache unternehmen", sagte sie.

„Wie schon gesagt, ich würde vorschlagen, zum Anwalt zu gehen."

„Nix da! Die können doch nicht einfach ein ganzes Viertel neu bauen und mittendrin eine heruntergekommene Ruine stehen lassen. So was geht doch nicht. Ich wette, die sind verpflichtet, uns das Haus abzukaufen."

„Ja, aber wahrscheinlich dann bestenfalls noch zum halben Preis." Man hörte einen Stuhl knarzen, Kellner schien sich wieder gesetzt zu haben. „Und der wird deutlich geringer sein als der, den wir verhandelt haben für den Fall, daß das Haus völlig leer steht. Da hätten wir mit der Alten drin immer noch mehr gekriegt. Wir hätten gleich verkaufen sollen, Babette."

„Hätten, hätten! Wenn der Hund nicht geschissen hätte, hätte er die Katze erwischt!"

„Wo bleibt denn bloß dieser Amtsleiter?" stöhnte Herr Kellner. Dann herrschte für ein paar Momente Schweigen.

„Das ist es!", hörte man plötzlich Babette Kellner rufen. „Wir gehen jetzt gemeinsam zum Bürgermeister und kaufen uns die beiden Herren zusammen!"

„Meinst du?"

„Aber natürlich!"

Als sie die Tür öffneten, erblickten sie den angeblichen Amtsleiter im Vorzimmer. Mit zwei jungen Frauen und dem Polizisten, der damals als Erster in der Schumm-Wohnung gewesen war, stand er am Schreibtisch der Sekretärin. Alle waren sie noch über die Gegensprechanlage gebeugt, während der junge Polizist gerade eine Stenorette ausschaltete.

Verantwortungen und Befugnisse

„So, Herr Keil und Herr Hacker“, begann der Rechtsreferent mit hellrotem Kopf das Gespräch, während Georg und sein Kollege vor seinem Schreibtisch mehr oder weniger strammstanden, „wissen Sie überhaupt, was ich mir wegen Ihnen hier den ganzen Tag schon habe anhören müssen?“

„Nein“, konnte Georg wahrheitsgemäß noch antworten, bevor Hacker ihm seinen Ellbogen in die Seite rammte.

Seit der Geschichte mit dem falschen Amtsleiter waren gerade einmal vierundzwanzig Stunden vergangen. Sie hatten Glück gehabt. Eine unerlaubte Tonbandaufnahme hätte vor Gericht keine Beweiskraft gehabt, was die Kellners jedoch nicht wußten. Außerdem wurde bei einer Hausdurchsuchung ein Schürhaken mit Resten von Blut und Haaren in ihrem Keller gefunden. Die Fingerabdrücke von Herrn Kellner befanden sich außerdem auf dem von Georg sichersgestellten Aktenordner. Sie hatten tatsächlich den Mietvertrag gesucht und herausgerissen. Alles in allem konnte man von einem vollen Erfolg reden. Was übrig blieb war die Tatsache, daß Georg und Hacker etwas arg großzügig mit ihren Verantwortungen und Befugnissen umgegangen waren.

„Das Telefon steht überhaupt nicht mehr still", fuhr der Referent fort, „der Kripo-Chef hat sich beschwert, der Oberbürgermeister, der Baureferent, der alte Dechant, die Fürther Nachrichten ..."
„Die auch?" fragte Hacker ungläubig.
„Nein, die natürlich nicht", knurrte der Referent, „aber wie soll ich denn bitte der Zeitung erklären, daß sich ein verdienter Wachtmeister, der kürzlich noch den ersten Fürther Bankräuber gestellt hat, der Amtsanmaßung schuldig gemacht hat? Noch dazu angestiftet von einem Hühnerhabicht, der kaum trocken hinter den Ohren ist. Und dann noch zwei junge Frauen aus dem Wohnungsamt in die Sache hineinzuziehen, also ..."
„Die waren rein zufällig im Vorzimmer", versuchte Georg eine Ausrede, „es wäre wirklich unfair, wenn Elfi und Gisela unseretwegen bestraft würden."
„Elfi und Gisela", wiederholte der Referent, „aha ..."
„Ich meinte natürlich, ...", wollte sich Georg noch korrigieren, doch die Wangen des Referenten hatten mittlerweile die Farbe eines alten Spätburgunders angenommen, so daß er nicht mehr an sich halten konn-

te und Georg lautstark unterbrach.

„Ja, glauben Sie denn, hier kann jeder machen, was er will?" schrie er los. „Für wen halten Sie sich eigentlich? Wir sind eine ordentliche Polizeibehörde, wo jeder weiß, was er zu tun und zu lassen hat … Wer hat sich Zugang zu den Akten des Wohnungsamtes verschafft?"

„Ich", gab Georg mutig zu.

„Wer hat sich Zugang zu den Eintragungen im Grundbuch verschafft?"

„Auch ich", Georg hob wieder die Hand. „Ganz alleine!"

„Wer hat sich diesen Unfug mit dem Tunnel ausgedacht?"

„Ich", antwortete Georg erneut.

„Das stimmt jetzt aber nicht", meldete sich Hacker.

„Natürlich stimmt das!"

„Aber du bist doch gar nicht auf den Tunnel gekommen!"

„Der ganze Plan war einzig und allein von mir", erklärte Georg und wandte sich wieder dem Referenten zu. „Wenn hier einer verantwortlich ist, dann bin das ich und zwar ganz alleine!"

„Lügner", rief Hacker in seiner Ehre gekränkt und trat näher an den Tisch des Referenten, „er hat lediglich gesagt, ich sollte den Kellners irgendwas erzählen, warum die Stadt das Haus jetzt doch nicht kaufen kann. Aber daß da ein Tunnel drunter ist, das war meine Idee, da bin ich drauf gekommen – und zwar ganz spontan und ganz selbständig!"

„Entschuldigen Sie, der Kollege Hacker ist nicht mehr ganz bei sich …", beeilte sich Georg jetzt zu sagen.

„RUHE", brüllte der Referent und plötzlich

herrschte Stille. Er faßte an die Stelle, wo er sein Herz vermutete, ließ sich wieder in seinen Stuhl fallen und wischte mit einem großen, grünen Taschentuch die Schweißperlen auf seiner Stirn ab. Dann öffnete er die rechte Tür seines Schreibtisches, holte eine Flasche Cognac und ein Glas heraus, goß es voll und leerte den Inhalt auf ex. Es dauerte einige Minuten, bis er sich wieder beruhigt hatte und erschöpft weitersprechen konnte. „Herr Hacker, Herr Keil, wegen schwerwiegender Übertretung Ihrer Befugnisse degradiere ich Sie beide hiermit um einen Dienstgrad."

Nun war es an Hacker, rot, und an Georg, bleich zu werden. Sie hatten sich zwar auf ein ordentliches Donnerwetter, vielleicht eine Rüge, eine Abmahnung oder eine formale Beschwerde eingestellt, aber nachdem sie den Fall gelöst und die Täter einwandfrei überführt hatten, waren sie doch beide davon ausgegangen, daß ihnen eigentlich eine Belobigung zustünde und vielleicht sogar noch ein paar Tage Zusatzurlaub. Immerhin waren sie in Fürth, hier wurde nicht zuvorderst auf Paragraphen herumgeritten, hier zählten auch der Mensch und die Leistung. Hier hieß es: Leben und leben lassen. Nach der überraschenden Verkündung der Degradierung machte sich Georg sofort ernsthafte Sorgen um Gisela und Elfi. Schließlich waren die beiden keine Beamten, und ihnen konnte im schlimmsten Fall gekündigt werden.

Georg beschloß, einen letzten Erklärungsversuch zu unternehmen. „Aber, Herr Referent, immerhin haben wir erfolgreich zwei Mörder überführt, die sonst davongekommen wären …"

„Halten Sie den Mund!" fuhr ihn der Vorgesetzte an. Dann kramte er wieder in seinem Schreibtisch herum und förderte zwei weitere Cognacschwenker zu Tage. „Dafür, daß sie erfolgreich zwei Straftäter überführt haben, die ansonsten der Strafverfolgung entgangen wären, befördere ich Sie wieder zum Wachvorsteher und zum Wachtmeister …“ Mit Schwung stellte er die Gläser vor Georg und Hacker hin und schenkte sie voll. „Und dann kriegt jeder von Ihnen noch eine Woche Sonderurlaub. Und dann will ich von der ganzen Geschichte nichts mehr hören. Prost!“

Nachwort und Dank

Wie es sich gehört, ist auch dieser Krimi frei erfunden, ebenso die handelnden Personen. Die zeitgeschichtlichen Umstände, einschließlich des Kanzlerbesuches, entsprechen weitgehend den Tatsachen. Eine Butzengasse dagegen gab es am Gänsberg nie. Es ist jedoch dramaturgisch ratsam, bei einer erfundenen Geschichte besser keine echten Adressen zu verwenden. Was die Polizei betrifft, so war sie in Fürth, wie in anderen kreisfreien Städten, bis in die 70er Jahre städtisch, die Streifenbeamten trugen blaue Uniformjacken, und statt des bayerischen Wappens prangte das Fürther Kleeblatt auf den Dienstmützen. Die Wache im Rathaus existierte tatsächlich, noch heute ist über dem ehemaligen Eingang das Wort „Polizeiwache" zu lesen. Sollten Unkorrektheiten und verfälschte Darstellungen im Text oder in Bildern verblieben sein, so sind sie künstlerisch bedingt und gehen einzig zu unseren Lasten.

Besonderer Dank gilt Herrn Erich Kaiser, der uns in einzigartiger Weise an seinen reichhaltigen Erfahrungen als Fürther Polizist teilhaben ließ. Es kann ohne Übertreibung gesagt werden, daß dieses Buch ohne ihn nicht entstanden wäre bzw. ganz gewiß nicht in dieser Zeit gespielt hätte.

Weiterhin möchten wir uns bei Herrn Rudolf Brand bedanken, dem Leiter des Fürther Liegenschaftsamtes, und Herrn Lothar Berthold, der ebenfalls bei der Klärung der zeitgeschichtlichen Umstände geholfen hat.

Zur gelungenen Illustration haben das Stadtarchiv Fürth, das Stadtplanungsamt Fürth und Herr Klaus Tiefel maßgeblich beigetragen. Wie in Fürth üblich, sind wir überall schnell auf offene Ohren gestoßen und erhielten unbürokratische Unterstützung, so daß dieses Projekt auch für uns zu jeder Zeit eine reine Freude war.

Herr Bronnenmeyer & Frau Klemt

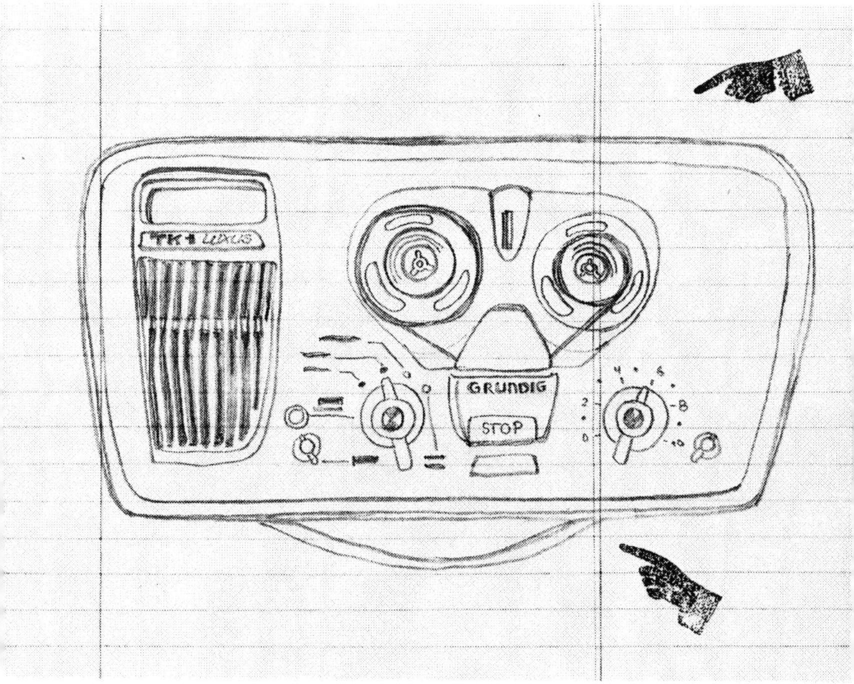

Herr Bronnenmeyer

... wurde 1973 in Kulmbach geboren. Er wuchs in Lauf/Pegnitz auf. Es folgten Abitur in Nürnberg, Schreinerlehre in Reichenschwand und Studium der Sozialen Arbeit in Bamberg. Seit 2001 lebt er in Fürth und arbeitet seit 2004 daselbst im Schul- und Bildungsreferat. Im Nebenberuf ist er freier Schriftsteller. Bisher sind von ihm im ars vivendi verlag die Kriminalromane „Russiche Seelen" und „Zerfall" sowie der „Ausflugsverführer Bierfranken" erschienen. 2007 und 2008 wurde er mit Kurzkrimis für den „Agatha-Christie-Krimipreis" nominiert.

Frau Klemt

... wurde 1973 in Mindelheim geboren, wo sie auch aufwuchs und das Abitur bestand. Nach einem Au-Pair-Aufenthalt in London und mehreren Praktika in Werbeagenturen in Nürnberg, begann sie ihr Studium im „Kommunikationsdesign", das sie 2001 mit Diplom abschloß. Seitdem arbeitet sie selbständig als Grafikerin und Illustratorin. Sie lebt seit 1995 in Fürth.